NAMIKO

または、1990年の
フール・オン・ザ・ヒル

坂本 亮
Sakamoto Ryo

熊日出版

目次

NAMIKO

または、

1990年のフール・オン・ザ・ヒル

著者まえがき

万が一、この自伝が日本語以外の外国語に翻訳される機会が訪れたなら、悲しいかな、原本の前で翻訳者は、へなへなとしゃがみ込むだろう。なぜなら、なみこという名前の女の子が四人も登場するからだ。日本語の表記が世界でも類を見ないほど度しがたく豊かなせいだ。

従って、読者が混同したり錯乱したりしないために、語り部である日下部了（くさかべりょう）にとって、彼女たちがどんな存在であったかを少しばかり付記したいと思う。あくまで彼が１９９０年に誕生日を迎えた時点である。

波子は現在進行形の人で、彼の人生を想像力を刺激し続ける存在である。

那美子は過去の人で、彼にとって永遠に憧れ続ける存在である。

そしてナミコは未来の人で、短編映画の「ＮＡＭＩＫＯ」を演じた正体不明の存在である。

ついでながら、この自伝の秘密を暴露すると、巧妙に「青ひげ」の一部が転用されている。有名なシャルル・ペローの童話ではなく、１９８９年に日本語訳が出版された、カート・ヴォネガットの偽自伝小説の方である。

その証拠に日下部了は、わざわざそれを匂わすためにこんな献辞を付記している。

本書を２００７年に昇天されたカート・ヴォネガット氏に捧げる。

ほかになにがいえよう？

——Ｒ・Ｋ

プロローグ

　僕のフルネームは日下部了。１９５５年生まれで、ちょうど三十五歳になったばかりだ。人生の半分を過ぎたところかもしれない。

　運がよければ、「２００１年宇宙の旅」をできる可能性はある。だがその確率は、ＨＡＬ９０００コンピュータが不死鳥のように甦(よみがえ)って、木星探査船ディスカバリー号を地球に帰還させるくらいに等しいだろう。

　よく友人から指摘されることだが、僕は未来に対して悲観的だ。

　一つには、チェルノブイリの死の灰によって、いつ何時、肉体の機能を破壊されるか分からないからだ。あるいは、「博士の異常な愛情」に出てくる狂った司令官によって、核戦争が勃発しないとも限らない。そうなれば老体に鞭(むち)打って武装するまでもなく、地球全体が一気に廃墟と化す。

いやいや、どちらとも杞憂だ、と友人は言う。

だが僕のことだ、突如として人類に襲いかかった新種のウイルスに感染して、あっ気なくくたばってしまうかもしれない。

どんな未来であれ、人は暗闇の中で孤独のうちに死んでいく。まさか息を引き取る間際に添い寝してくれる酔狂な女の子がこの世にいるとは思わない。僕だって自分の臨終に立ち会いたくないのだ。

未来のことはともかく、今の僕は、顔だけ見ればまだまだ二十代で通ると思っている。べっ甲柄の丸眼鏡をかけ、きりりと引き締まっていて色艶もいい。

だが悲しいかな、頭髪がさびしいので歳相応に見られる。外に出るときは洒落たソフト帽をかぶって覆い隠すのだが、さすがに映画館の中では、気取った格好で座席に座らない。

映画館で頭に来る連中は、上映中にぺらぺら喋るやつとぽりぽりものを食うやつと、やたらと姿勢がいいやつだ。周りに迷惑をかけない限りどんな体勢で腰かけても構わないと思っている僕は、当然腰を低くして映画を見ているわけで、目の前でぴんと背筋を伸ばして座っているやつの頭を殴りたくなる。

従って、ソフト帽をかぶって若作りを企てても映画館の中でばれてしまうのは、背後から殴られないためだ。

僕は、生まれつきのハゲではない。本格的に頭髪が薄くなり出したのは1979年の夏だった。

おでこの生え際の毛が次第に細く短くなり、それが徐々におでこ全体に広がり、容疑者みたいにまっすぐ正面を向くと一目でそれと分かるようになった。背後から分かるようになったのはここ三年で、カトリックの司祭服をまとえば、聖フランシスコ・ザビエルと間違われるだろう。

僕の場合、薄くなる過程はまったく普通だが、他人と違って特別に禿げる原因があった。薬剤の副作用とか環境汚染による障害というわけではない。その原因を臆面もなく吹聴するつもりは毛頭ないが、告白したところで興味をひかれる人もいないだろう。

ところがただ一人、あとにも先にもただ一人、僕のハゲに対して異常に興味を示す女の子がいた。

彼女に初めて出会ったのは1984年12月——僕が二十九歳のときで、そのとき彼女は卒業を翌年に控えた女子大生だった。僕らは広告代理店が主催するパーティーに出席していて、僕はいつものようにツイードのジャケットに淡いブルー・ジーンズ、彼女はラメ入りの黒いワンピースで決めていた。

彼女の名は波子という。


「どうしてあなたは、ハゲになったの？」

愛嬌（あいきょう）のある微笑（ほほえ）みを浮かべながら彼女は、どんと押された拍子にソフト帽が脱げた僕に向かってそう質問した。遠慮のない無邪気な質問だが、いささか不躾（ぶしつけ）である。いかに僕が温和な人間であっても、心の中で苦笑いするしかない。どうしても何も、勝手に毛が抜けていったんじゃないか、と。

だが僕の場合、そんな疑問を抱かせる理由があったわけで、その点で彼女の感受性が鋭かったと言える。

そのとき僕は、危うく正直に答えそうになった。悪戯っぽい眼差しにどぎまぎしながら、彼女に胸がときめいたからだ。だが少し間をおいたあと、遺伝だろうね、親父も禿げてるから、と言った。

ところが波子は、そんな答えに満足するような女の子ではない。

「でもあなたの頭は卵形じゃないわ」

「確かにそうだけど、若ハゲの連中が必ずしも卵形とは限らない」

「それは一般論だわ。あなたにはそれなりに理由があるように思うの」

「例えば？」

「意図的にハゲになったとか」

波子の慧眼には恐れ入る。彼女が指摘した通り、僕は意図的にハゲになったのだ。

ただ、その理由となると極めて気恥ずかしいエピソードを披露する羽目になるので、こう言ってはぐらかした——「知ってる？　ハゲには三段階があるって」

ちなみに、その三段階とは〝おでこ、てっぺん、つるり〟である。

つまり、第一段階はおでこが後退してくることから始まり、次におつむのてっぺんの髪がまばらになり、仕上げは側頭部を残して、まるで人工芝をむしり取ったみたいにつるりと禿げてしまうのだ。

今の僕は、第三段階を避けて極端な短髪だが、波子と初めて出会ったとき、第二段階で低迷していた。


僕が意図的にハゲになろうと思ったそもそものきっかけは、ウディ・アレンがアカデミー賞監督賞を受賞する直前に「アニー・ホール」を見たときである。

彼は映画の冒頭で、さびしくなったおつむのてっぺんを気にしつつ、別れた恋人であるダイアン・キートンを未練たっぷりに思い出しながらこう言った――「ハゲは強い」

笑いながら僕は、この言葉を真に受けた。ハゲになりさえすればすべて解決だ、と。

当時の僕は、二十三歳の誕生日を間近に控えていて、薄くなる兆候すらなかった。だが待ちに待ったチャンスをものにできず、傷つき落ち込んでいた。

どんな手口で僕はハゲになったのか？　その答えは滅法簡単である。とにかく物事を悲観的に考えることだ。そして自殺せず、何とか乗り切ってしまうことだ。

人は暗闇の中で孤独のうちに死んでいく。

だが生きている間、本当は自分が一人ぼっちであることに気づかない人たちがいる。そんな人たちをわざわざ見つけて知らせてあげるつもりはないが、彼らがその現実にぶち当たったとき、その場にへなへなとしゃがみ込むだろうと思うと悲しくなる。

今僕が住んでいる都会において孤独を癒やすためには、必要不可欠なものが二つあるような気がする。それは僕らの周りにどこにでもあるが、そうやすやすと手に入るものでもない。

それは金と親切である。

金は天下の回りものではなく、合法的に孤独を癒やす約束手形みたいなものだ。必要以上に手に入ればかえって孤独にとらわれるが、適度にあれば人生を楽しめる。

本当の親切は、相手を傷つけないし縛らない。相手も自分を傷つけないし縛らない。少なくとも青臭い愛情より孤独から救ってくれる。


もう一つ――個人的な趣味でつけ加えるなら、ジョークが必要だ。

どんな窮地に立たされても、ジョークを飛ばす余裕さえあれば、何とか乗り切れるものだ。あるいは、ウケを狙わず自分の弱点をさらけ出すのもいい。

大列車強盗をしくじった西部のならず者二人が百戦錬磨の騎馬追跡隊に追いつめられる。ばたばたと逃げ切ったのは、切り立った岩山の上から渓流に飛び込んだからだ。そのときサンダンス・キッドは、ばつが悪そうにブッチ・キャシディに白状する――「泳げない！」

さらに、ある出来事の前で途方に暮れたとき、その出来事を茶化してしまえばいい。例えば、チェルノブイリの危機は科学技術による、くすりとも笑えないジョークだ。核戦争はシステムによる、茫洋壮大なるジョークだ。

一握りの指導者たちがコントロールできると信じている科学技術やシステムが必ずしも人類の味方につくとは限らない。「ターミネーター」をこしらえた近未来コンピュータがいい例だ。

僕は、神の存在を信じていないが、神がいないという証拠もつかんでいない。そういった意味で、僕のしくじりは、神の偉大なるジョークだったかもしれない。

大学五年間、僕は映画研究会に所属して映画を年間二百本見たり、仲間と映画批評を交えたり、同人誌に批評文を書いたり、学園祭発表用に8ミリ・カメラを回して映画もどきを制作していた。そしてその合間を縫って出演した女子大生をデートに誘い、結構モテた時期があった。

だがそれもつかの間、やっとの思いでラブ・ホテルに連れ込んだ女の子から、まるで「ラスト・ショー」のジェフ・ブリッジスのように「息がつまるわ」と言われて放り出されたのだ。

　相手の女の子はぽっちゃりとした愛想のいい子で、サークルの誰もが、純子ちゃん、と呼んで好意を持っていた。真剣に好きではなく、みんなを出し抜くつもりだった。

　以来僕は、役立たずかもしれないと真剣に思い悩んだ。もちろん未来に対して悲観的だ。頭を丸めて出家するか、一物をちょん切り、純子で〜す、と名乗ってゲイバーに立つしかないと観念した。

　かつて憧れた女の子の幻影がちらついたのだと思い知ったのは、それから随分あとのことで、もう少し早く気づけば、意図的にハゲになる必要もなかったかもしれない。

　日下部了というのは僕の本名ではない。
　東京の大学に入学した年――1974年から使い出したペンネームだ。もっとも日下部の方は子供の頃から気に入っていたので、戸籍上の名字を残した。

当時十九歳だった僕は、十代と決別する意味で、〝了〟という気まぐれな名前をつけた。ほんの一時的なペンネームのつもりだったが、結果的にそれまでの僕の人生をリセットすることになる。

文章を書くことによって生き甲斐を見いだせるのか?

日下部了として人生を歩み出して以来、常に心をよぎる命題だった。

一体書くことによって生き甲斐を見いだすとは、どういうことなのだろう?

おそらくミシェル・ド・モンテーニュのように「エセー」を書き続けることかもしれない。彼にとって書くこととは、常に人生に対する試み（エセー）なのだ。少々へっぴり腰ながら、この世で唯一頼りになる自分自身の判断力を試し続けることだ。

そして僕は、書き続けることによって、いつの日かモンテーニュの境地にたどり着けるかもしれない。だが僕の半生は失恋の連続だった。

その点で、恐妻家だったモンテーニュの足下にも及ばない。

さて、このささやかな身の上話を始めるきっかけを得たのは、何気なく自主制作映画祭に顔を出したときである。

ちょうど波子と、部屋は別々だが、ひとつ屋根の下に同居し始めて三カ月が経った頃で、僕は求められるままに映画紹介記事を書くだけの気ままな生活を送っていて、彼女は毎日判で押したように夕方のニュース番組で未来の天気を予報していた。

1989年9月、開業したばかりのファッション・ビルの七階で、「今どきの若者映像祭」と銘打った上映会が行われた。こぢんまりとした二番館の座席に身を沈めた僕は、渡されたパンフレットを眺めるうちに、ある映画のタイトルにひどく興味をそそられた。その作品をぜひ見てみたいと思った。そしてそのパンフレットにはこう印刷してあった──

「NAMIKO──彼女に関するいくつかの伝説」

1

どうしてタイトルを見ただけで、その映画を見たくなったのか？

理由は二つある。一つは、「勝手にしやがれ」で彗星(すいせい)のごとくヌーヴェルヴァーグの寵児(ちょうじ)となったジャン＝リュック・ゴダールが１９６６年に監督した映画のタイトルをもじったような副題だったからだ。

かつてゴダールは、１９５６年に祖母の遺産を相続し、それをきっかけに本格的に映画制作に乗り出した。もしも遺産が転がり込まなければ、他人の作品を批評するだけの人生を選んでいたかもしれない。あるいは、パリの路上で仰向けに倒れ、「最低だ」とつぶやき、人生の幕引きを図ったかもしれない。

１９８９年1月、かくいう僕も親父の遺産を相続し、プログラム・ピクチャーなら二、三本制作できるくらいの資産が手に入った。

ゴダールみたいに好き勝手な映画を制作することができた。だが映画というのは金さえあればできる代物ではない。まずはスタッフを集めるネットワークが必要で、僕にはそのコネもなければ、奴隷みたいにこき使える後輩もいなかった。

　そこで僕は、映画を制作する代わりに、七年来の友人である白井慶一が開業するライブ・カフェに投資することにした。

　その店の名はマーラーズ・パーラーという。


　開店当時、その店は南欧の雰囲気が漂うクラシック喫茶と思い違いされた。事実、正面から見れば、青色の洋風瓦を載せた屋根の下は鱗形に凹凸がある白壁をめぐらしていて、避暑地を訪れたＯＬなら思わず開けてみたくなるような瀟洒（しょうしゃ）なドアが中央にある。おまけに、「ベニスに死す」のグスタフ・マーラーを連想させる店名だから仕方ない。

　白井にとってマーラーは、「時計じかけのオレンジ」のアレックスが敬愛するルートヴィヒ・ヴァン・ベートーヴェンほどの存在ではないが、マーラーズ・パーラーとなると、政治的で切実な意味を内包する。もともと彼が尊敬するロック歌手のパンタの歌のタイトルを無断で借用したものだが、彼の解釈によると、狂った世界の象徴だと言う。

　彼は僕より遥かに悲観的な考えの持ち主だ。絶望を僕がジョークでやり過ごすのに対して、彼は怒りに転化する傾向がある。従って、狂った世界とは怒りが満ちた現世であり、生きている限り心の平安を見いだせない。

　では、どうして彼はこの世からおさらばしないのか？　僕より百倍もスケベエだからだ。

　僕と違って白井慶一は、めったに文章を書かない。自分の店で歌うための詩を書くことはあるが、本を読む方が圧倒的に好きだ。彼の書庫にはフョードル・ドストエフスキーから原始仏典まで夥しい数の本があり、その中から気に入った言葉を抜き書きして、時々プレゼントしてくれる。何か書くときの一助になる、と言うのだ。

　最近のリストにはこんな言葉があった。

過去のことを告白しないこと。なぜならそれは死んだものだから。自分に向って未来のことを告白しなさい。

（「モネルの書」マルセル・シュオブ）

わたしはアメリカの夢などみはしない。アメリカの悪夢を見ているのだ。

（「投票か弾丸か」マルコムX）

女が男と寝るときには、スカートとともに羞恥心を脱がなければなりません。そして、スカートを着けると同時に、ふたたび羞恥心を取り戻さなければなりません。

（ピュタゴラスの妻）

などなど。

こういったリストを何度か読み返すうちに、僕は一つだけ重大な欠点があることに気づいた。それはそれぞれの言葉のあとに必ず出典を明記しているからだ。言葉というのは不思議なもので、元を正せば一つ一つの文字や単語の組み合わせにすぎない。それがある種の天才にかかると、それまで誰も指摘しなかった誰も発見しなかった人生の真理をこしらえることができる。

だが僕はこう考える。コンピュータ・グラフィックスがめざましい進歩をとげ、俳優の容姿や演技をリアルに再現できる時代が来ても、所詮(しょせん)それは偽物にすぎない、と。

一方言葉は、相手に出典さえ知られなければ、あたかも自分が思いついた人生の真理であるかのように口にすることができる。あるいは、記すことができる。また、昔の人はいいことを言ったなんて前置きして、自分流にアレンジすることだってできる。流行歌と違って盗作だと訴えられるリスクが低いからだ。

ディスカウント・ショップの謳(うた)い文句にもある――「持ってけ泥棒!」

僕がその映画のタイトルに魅かれたもう一つの理由は、かつて憧れた女の子のイメージにぴったり合ったからだ。僕にとって彼女の存在は伝説的なものであり、今となっては彼女に関するすべてが伝説に思える。

僕は、彼女を思い浮かべるたびに、いとおしく切ない気持ちでいっぱいになる。そして彼女の一つ一つの表情、一つ一つの仕草が無数の淡彩画になって目の前に浮かんでくる。事実、彼女の存在を知ったのは淡彩で描かれた美少女を発見したときだった。

彼女の又従兄である池谷和人は、僕が大学時代に唯一親しかった先輩で、叔父の家に居候していた。父親の転勤で、彼を残して両親と年の離れた妹がロサンゼルスに引っ越したからだ。彼の叔父は淡彩画では名の知られた画家だった。当然のことながら自宅にアトリエがあり、ある日池谷先輩に誘われて中に忍び込んだとき、水彩紙に描かれた美少女にめぐり合ったのだ。

彼によると、モデルをやっているのは母親の従妹の娘で、十二歳の頃からアトリエに出入りしているのだと言う。七年間だとうんざりするほどたくさんの彼女の絵を拝めるに違いないと期待したが、実際に発表されたのは三枚だけで、画集に収められたのは十五歳の彼女だけだった。

僕は、今でもその画集を持っている。

１９７５年９月にめぐり合った十七歳の彼女の淡彩画は、結局披露されなかった。つまり、あのときが最初で最後で、僕らは幻の絵を発見したことになる。その絵は二十畳ほどの広さのアトリエの中にひっそりとあった。夕暮れの淡い光が窓から射し込んでいて、それがまるで秘宝の在りかを知らせるようにイーゼルの上を照らしていた。僕は、ゆっくりとたぐり寄せられるように近づいた。

水彩紙に描かれた彼女は、完璧な美少女だった。少年の頃に抱いていた憧れがそのまま絵になったと言っていい。艶のあるさらさらした黒髪がそよ風になびいていて、美しい切れ長の目になぜか悲しげな光が宿っていた。

だが実際の彼女は、訴えるような眼差しで僕を見る。しかも胸のふくらみが目立つ華奢（きゃしゃ）な体つきにもかかわらず、少年のような中性的な印象を与えた。たとえ乳房や陰毛が露(あら)わになっても、不思議と欲情を感じないからだ。
彼女の名は那美子という。

那美子と初めて言葉を交わしたとき、彼女は真剣に、間違った家に生まれついたの、と打ち明けた。名前だけならともかく、例えば答案用紙にフルネームを書くとき、顔に紅葉を散らすの、と言う。探偵小説の中で決まって惨殺される少女みたいでしょ？と言って同情を誘った。

かつて彼女のフルネームは、伊集院那美子と書いた。
だからそのときの彼女は、十九歳という若さで真剣に結婚を考えていた。1956年に臍(へそ)の緒切って以来十九年間、辛抱に辛抱を重ねてきたのだから、いい加減に伊集院那美子から解放されてもいい頃よ、とほのめかした。

僕は、それまでの人生で彼女ほど端正な女の子を見たことがなく、映画に出演さえすればたちまち人気アイドルになるに違いないと思ったので、彼女の悩みは、美しく生まれついた女の子の贅沢(ぜいたく)な悩みだと受けとめた。もちろん表向きは、赤面することはないよ、素敵(すてき)なフルネームだ、となだめた。だが声をひそめて、クサカべ・ナミコ、と言ってみた。

のちに、日下部了というペンネームがばれたとき、あなただって気に入っていないじゃない、と突っ込まれた。

僕は、心の中でつぶやいた。気に入っていないのは名前だけで、那美ちゃんとは正反対だ、と。


那美子と正反対なところはそれだけではない。

彼女はどちらかと言えば口数が少なく必要以上に喋らないが、僕は余計なことを喋り過ぎるきらいがある。ある疑問が心に浮かんだとき、その動機や背景をこまごまと説明しないと気が済まないからだ。

池谷先輩がいる前で、僕は彼女に最初の質問をした。もちろん彼女の淡彩画を発見したときの経緯とそのときの印象を熱っぽく説明したあとである。

「モデルをやっているときって、何を考えているの？」

「何も考えていないわ。とっても気持ちがいい」

「同じ格好をさせられて？　僕なら体が痛くて参っちゃうよ」

「叔父様って素敵な方よ」

「中年が好きなの？」

「私のいい部分だけを引き出してくれるからよ。私ってコンプレックスのかたまりだから」

　コンプレックスのかたまり！と思わず僕は心の中で叫んだ。フルネームが気に入らないのはともかく、それ以外に何が不満だと言うんだ。

　彼女がお医者さんごっこをやった幼なじみなら、コブラ・ツイストをかけたあと、思い切り地面に叩（たた）きのめしてからこう言うだろう──「こっちの言うセリフだ！」

　今思えば、目の覚めるような美しい女の子でもそれなりに悩みがあるものだ。声が低いとか、ダイエットをしくじったとか、両親が離婚するとか。そういったことはむしろ一般的で、つるつるした白い肢体をぽかんと見つめられただけでもコンプレックスを抱くわけだ。

僕は、彼女のコンプレックスについて穿鑿しなかった。その代わり、地雷を踏まないように質問を続けた。

「ところで、あの絵はどうなったの？」そのとき既に彼女の淡彩画を発見してから三カ月が経っていた。

「知らないわ」

「興味がないの？　那美ちゃんのいい部分だけを描いているわけでしょ？」

「完成品は見たのよ。叔父様がとっても機嫌がいいときに。でもそれっきり」

「見たときの感想は？」

「何だか浄化されたみたいで晴れやかな気分になったわ」

「もう一度見てみたいと思わない？」

「思わないこともないわ。でも結局あの絵は叔父様のもので、あれは私の夢だから」

僕にとっても夢だった。

2

「NAMIKO――彼女に関するいくつかの伝説」を監督した芹沢暁は、自らの8ミリ・カメラで自分の夢を叶えたに違いない。

十二分間の短い映画を見終わったあと、僕は無性にそう思えてならなかった。NAMIKOを演じた女の子は、おそらく彼にとって憧れの人で、決して手に落ちる存在ではないはずだ。だが無謀にも芹沢暁は出演を頼み込み、自分の作品の中にまんまと彼女を封じ込めてしまったのだ。

映像は、白抜きのタイトルで始まり、やがてマーラーの交響曲第5番第4楽章「アダージェット」がゆるやかに流れる。ハープの優しい響きとともに、バイオリンが心に悶えをもたらすような切なく甘美な旋律を奏でている。

NAMIKOのクローズアップになり、化粧気のない顔がにこやかな表情を浮かべ、長い黒髪が肩の上にふわりと広がっている。

カメラがゆっくり後ずさりすると、太くまっすぐな木の幹にもたれた彼女が真白いシャツとブルー・ジーンズを着ている。大学生らしいあっさりした服装だ。さらにカメラが引くと、桜の林の満開の下にいる。

ＮＡＭＩＫＯが歩き出すと、少女時代の８ミリ・フィルムが挿入された。おカッパ頭の愛くるしい少女がチュチュ姿でバレエを踊っている。

赤レンガの門をあとにすると、突然ＮＡＭＩＫＯがスーツ姿に変貌した。真新しいドレスを着た少女が母親に手を引かれ小学校の門を通り抜ける。ＮＡＭＩＫＯが昔ながらの商店街を歩く。運動会の少女が集団演舞をリードしている。

灯籠が林立する宮前通りに出ると、ＮＡＭＩＫＯが大人びたワンピース姿に変貌した。セーラー服の少女がピース・サインを突き出す。ＮＡＭＩＫＯがアーケード街を歩く。スコート姿の少女がテニスに興じている。

パーティー・ドレスを身につけたＮＡＭＩＫＯがシティー・ホテルの前まで来た。

自動ドアが開くと、高校生の彼女が講堂の舞台で創作ダンスを披露している。彼女への想いが胸に迫る映像だった。

NAMIKOが歩く映像は、彼女の服装が入れ替わるだけで一時も彼女から離れず、憧れがあふれていた。少女時代の映像は、その時々で彼女がもっとも美しい瞬間を畳みかけるようにつないでいて、いとおしさをひしひしと感じた。

かつて広告代理店に勤めていたとき、僕はこんなコピーを書いたことがある――

「君の、少女時代に、会いたい。」

一見ぱっとしないこのヘッド・コピーは、大きさの点で東洋一だった。七階建てのファッション・ビルの垂れ幕として、60年代ボヘミアン調の花柄ワンピースを身にまとった顔の横幅が3メートルもあるモデルの傍らで、ぱたぱたと潮風にはためいたからだ。いまだに婦人物デパートのキャンペーンに採用された理由が分からないが、アート・ディレクターのイメージにぴったりハマったのかもしれない。

僕は、それまで地味なコピーしか書いたことがなかった。ラーメン屋のリーフレットなんて駆け出しが任される仕事の最たるものだが、上司から指名されたとき、心がときめいた。焦がしにんにくが香ばしいマー油を使った独特の豚骨スープと中太のストレート麺が好きだったからではなく、味を落とさないための分相応の事業に敬意を払ったからだ。

そのラーメン屋は、朝の奥さま向けワイドショーで名を売って東京に進出したものの、無理して他の都市にチェーン店を増やさず、地元と東京だけで営業を続けていた。

のちにそのラーメン屋は、地元の食品会社と提携してカップ・ラーメンを発売し、TV用のスポットCMを制作した。その制作現場で一日五杯もラーメンを平らげたのが波子だった。

当時の波子は、芸能プロダクションならぬタレント派遣会社に所属していて、持ち前の愛嬌とスタイルのよさで採用されたようだ。愛嬌においては、画面からあふれ出るくらい振りまいていて、スタイルにおいては、下心ミエミエのディレクターの食指を動かしたに違いない。

　三カ月ぶりの再会で、遅ればせながら僕も彼女に魅せられた。セカンドバッグを小脇に抱え、両手をスカートのポケットに突っ込んだまま歩く姿が滅法素敵だったからだ。高校生の頃からジャズ・ダンスを習っていたお陰だ。

　小さめの顔、形のいい胸、しゃきっとした背筋、つんと上向いたお尻から伸びているカモシカのような脚。そんな彼女がショート・パンツをはいて颯爽と市中を闊歩すれば、ぽかんと見とれた男たちが勢い電柱にぶち当たるだろう。

　僕は、実に四年間も金魚のフンみたいについて回っている。


「ＮＡＭＩＫＯ」のラストは、極めて平凡な終わり方だった。

　ゆるやかに歩を進めるとともに少しずつ大人に成長したＮＡＭＩＫＯは、ホテルのレストランの前を通り、フロントのあるロビーに入った。

　すると二十五歳くらいのスーツ姿の男が安楽椅子から立ち上がり、ＮＡＭＩＫＯを迎え入れた。お互いに満面の笑みを浮かべて言葉を交わす。誰が見ても相思いのカップルだ。二人は手を携えて正面玄関へ向かう。自動ドアが開くと、春のやわらかい日差しがスクリーンいっぱいにあふれた。と同時に、終始映像を包み込んでいた切なく甘美な旋律も静かに消えた。

見終わったあと、観客の誰もが欲求不満に陥ったようだ。え、それで終わり？彼女に関する伝説って何？　映像のどこにも見当たらないじゃない。

だが僕は直感した。監督の芹沢暁はむしろそれを狙っていたに違いない。伝説なんて見た人が勝手に想像すればいい、と。

つまるところ、彼の夢とは、「ラ・マンチャの男」のように不可能な夢を見続けることで、自分の願望を満たすことではないのだ。

僕にとって心地よい映画とは、不可能な夢を叶えてくれるものだ。そして何度見てもその夢が消え去ることはない。何度見ても僕らは感動をし涙を流すことができる。それが例えば一国一城の主にまで上り詰めるような大それた夢である必要はない。子供の頃に抱いていたささやかな夢で十分なのだ。

「フィールド・オブ・ドリームス」のレイ・キンセラは、八百長事件で球界を追放された〝シューレス〟ジョー・ジャクソンの活躍をおとぎ話代わりに父親から聞かされ、「彼のグラブの中で三塁打は死ぬ」と言われた彼のスーパー・プレーを見たかった。

「それを作れば、彼はやってくる」というお告げを信じたレイは、トウモロコシ畑を切り開いて作った野球場でその夢を叶える。おまけに、十七歳のときに喧嘩別れした亡き父と再会し、仲直りのキャッチボールを始める。

「ニュー・シネマ・パラダイス」のトト少年は、カットされた映画のキス・シーンのフィルムが欲しかった。映写技師のアルフレードにうるさくせがむと、「全部やるけど私が保管する」とはぐらかされる。

有名な映画監督になって三十年ぶりに故郷に帰ってきたトトは、アルフレードの葬式で思いがけず彼の形見としてもらい受ける。そしてスクリーンに映し出された数十本のキス・シーンに目を奪われ涙を浮かべる。

子供の頃に抱いていた夢とは、それが思いがけず叶う方が感動的だ。

では、子供の頃の僕にとって、ささやかな夢とは何だったんだろう？

かつて池谷先輩の前で、那美子に初恋の話をしたことがある。僕が八歳のときで、廊下で擦れ違った女の子が気に入り、彼女を探し回るうちに講堂で合唱のピアノ伴奏をやっている姿を見つけて狂喜したことだ。

「結局その年の春に僕が転校しちゃって、彼女の名前すら突き止められなかったんだ。お陰でそれ以来、ピアノを弾ける女の子にやたらと弱いんだ」

「あら、私は全然弾けないわ」なぜかうれしそうに彼女はそう言った。

「でも那美ちゃんならできるでしょ。体より大きいハープとか」

「リコーダーならできるわ」

「いいねえ、リコーダーを奏でる美少女。ピアノの次に好きだな」

「ホントに？」

「ビートルズの『フール・オン・ザ・ヒル』って曲を知っている？　僕が十四歳のときに初めて聴いたんだけど」

「セルジオ・メンデス&ブラジル'66も歌ったわ」

「そうそう。ボサ・ノヴァ風にアレンジしたやつも悪くない。でもやっぱりポール・マッカートニーの多重演奏が最高だよ。本気でリコーダーを始めようと思ったから」

「思っただけで、実行しなかったでしょ?」

那美子の言う通りだった。

だが思いがけず子供の頃のささやかな夢を叶えている。ピアノを弾ける女の子と丘の上の眺めのいい部屋で暮らしているからだ。もっとも持ち主の僕が波子にタダ同然で隣室を貸しただけで、彼女と寝起きを共にしているわけではない。

気前よすぎるけど、ひとつ屋根の下じゃない、と僕は白井慶一に向かって取りつくろったが、にこりともせず彼はこう言い放った——「度しがたい」

そう、僕は、歌のタイトル通り〝丘の上のバカヤロー〟なのだ。

3

僕の親父の親父である祖父は、人生の半分を他人の墓石を建てることだけに費やした。そしてついに自分の墓石を建てることなく、僕が三歳のときに静かに成仏した。祖父が僕に残してくれたものは、生まれてから三年間かわいがってくれたという話と先祖伝来の土地だけだった。

親父は、早々と引退した祖父を見て堅実なサラリーマンの道を選び、祖父が身まかった際に土地の半分を売って相続税を払い、新たに我が家を購入するための資金に充てた。残った土地には、お袋の進言で大学生に貸すための木造アパートを建築した。歩いて五分のところに国立大学の教養部があったからだ。しかも下宿屋が多い中、当時としては珍しいバス・トイレつきの二部屋もあるアパートだった。

だが今や鉄筋コンクリート造が幅を利かせるご時勢ともなれば、お袋には先見の明があったと言える。

僕が今、丘の上の眺めのいい部屋でのうのうと過ごせるのは、元を正せば怠け者の祖父のお陰だ。ある程度資産がなければフリーランスの映画記者なんて不安定な商売を続けられないし、何よりもぐうたらな精神がなければ厚かましく実践できないのだ。

では、怠け者の僕にとって、自分の墓石を建てるとは何なんだろう？

それは波子とのセックスである。

祖父の土地を売って親父が購入した家には、偶然にも靖国神社に祀(まつ)られている軍神が住んでいた。

幸いにも親父は、命がけの実戦を体験しなかった。数週間にわたる過酷な訓練と数十発のビンタを食らっただけで、前線に放り出されることはなかった。その代わり、神風特別攻撃隊の隊長の生家を買い取ったわけである。

その話を聞いて僕は、子供心にホッとした。惨めな敗北を喫した太平洋戦争の中で、戦艦大和や戦艦武蔵の艦長より特攻隊の隊長の方が格好よかったからだ。出撃した零戦の多くが体当たり直前に撃墜された事実を知ってからも失望しなかった。軍の命令とは言え、自らの操縦で敵に突っ込み玉砕したからだ。容易に目標へ到達できないにもかかわらず、大海原をひたむきに突進する人間魚雷よりマシだった。

だが僕らの未来なんて「回天」の運命と同じだ。

親父は、鬼籍に入る三年前に銀行から借金をし、学生アパートを木造から鉄筋コンクリート造に建て替えた。サラリーマンの親父が意を決して事業を押し進めたのは、ひとえに生前からお袋が計画したお陰で、お袋の死をきっかけに重い腰を上げたのだ。

元来地味な技術者だった親父は、自分の専門に関して誰よりもきめ細かでまめだったが、それ以外となると無頓着なところがあった。思えば、親父とお袋はボケとツッコミの漫才コンビだった。しかも親父の一方的なぼやき漫才だ。

実家に帰るたびに、その喧嘩とも漫才とも見分けがつかない言い争いに巻き込まれ、僕はうんざりしていた。だがお袋が計画し親父が残した借金と賃貸業のお陰で、資産評価が減額され、思いがけず相続税を低く抑えることができた。おまけに、「レインマン」のダスティン・ホフマンのような歳の離れた自閉症の兄もいなかったので、トム・クルーズのように兄を誘拐することも兄弟愛に目覚めることもなかった。

常に親父とお袋は正しかった。新年を迎えるたびに、仏壇を拝みながら両親はこう言った――「ご先祖さまに感謝しなさい。ご利益(りやく)があるから」

親父は、昭和天皇と同じ年にコロッと逝った。崩御される数カ月前にはすでに陛下に生命維持装置が取り付けられていた、と噂(うわさ)する人もいたが、親父は直前までぴんぴんしていた。近所の人の話だと、その日も張り切って山登りに出かけたと言う。

至って頑健そのものの親父が、亡くなられました、と知らされたとき、僕はキツネにつままれた気分になった。多額の遺産が入ることを承知していたが、どのみち僕の方が先にお陀仏になると予感していたからだ。

ところが救急病院の霊安室で担当の医師から死因を聞かされた途端、笑いが止まらなくなった。

親父は、いわゆる腹上死だと言う。正確に言えば、大きな裸のお尻を突き出したソープランド嬢をバックから攻めている最中に心拍異常が起き、二時間後に六十五歳で極楽往生を遂げたのだ。

堅物の親父を想うと愉快でたまらなかった。まさに男子の本懐、これに勝る死に方はなかった。もって瞑すべしと言ってもいい。そして僕は、親父に対して初めて裸の男として競争心が芽生えた。


親父の初七日が済んだあと、僕は最後の戦場と化したソープランドに行ってみることにした。場所は国道と二本の川に囲まれた三角地帯の競合店がひしめき合う一角にあり、その店には、他店と比べて派手なネオン看板もなければゴージャスな気分をあおる入り口もなかった。

僕は、店から見せられた写真付きのリストの中から〝純子〟という名のソープランド嬢を指名した。入り口と同様に十人並みの顔立ちの二十四歳だが、水泳選手らしいすらりと長い脚の持ち主だ。

僕は、ひとしきりその脚を褒めたあと、率直に彼女に訊いてみた。十日前にこの店で親父の世話を焼き、あの世へ旅立つ手助けまでしてくれた女を知らないか、と。すると彼女は、すぐに辞めてしまったわ、とあっさり教えてくれた。

僕は、女の特徴を訊いた。

「特に名器ってわけじゃないけど、バックからの眺めはいいかもね。お客さんからよく褒められるって自慢してたもの。何歳かって？　自称二十歳だけど、三十に手が届いてたんじゃない。名前？　ラ行じゃないかしら」

「ラ行？」

「ランとかレナとか、ラ行の名前を付けるって言ってた」

僕が遺産相続する少し前から友人の影浦俊介は、彼の自由気ままなアイデアを最大限に取り入れた住宅を新築していた。それが完成すると画期的な共同住宅になると言う。彼がマンションではなく共同住宅と呼ぶのは、それぞれの階がまったく違った間取りで、基本的に自分の知り合いにしか分譲しないからだ。

一階は、影浦の家族が暮らすだけあって実験的な工夫をこらしている。畳を敷きつめた五十畳ほどのだだっ広いワンルームで、その中に台所や居間から寝間まであり、アコーディオン・カーテンを開けると部屋いっぱいにさんさんと朝陽が射し込む。

二階は、打って変わってオーソドックスな間取りで、中央の玄関から中に入るとキッチンと広々としたリビング・ダイニングがある。ベッドルームは別々なので、プライベートな時間を重んじるカップルには重宝されそうだ。

三階は、外から見ると往年のフランス風ホテルを思わせる部屋が四室並んでいて、実際には二世帯しか入居できない。それぞれの部屋の扉を開けると広めのルーフ・バルコニーがあり、そこにたたずむと水平線に向かって覆いかぶさるように広がる都心の街並みが一望に見晴らせる。

初めて影浦の詳細なスケッチを見たとき、僕は即座に、三階全部を購入する、と宣言した。日下部了として人生を歩み出して以来、初めて下した無鉄砲な決断だった。

初めのうち、僕の隣室を白井慶一に貸す予定だった。丘を下って行った私鉄と市道が交差する〝開かずの踏切〟からほど近い場所にマーラーズ・パーラーを開業するからだ。だが直前になり一方的に白井が断ってきた。店を手伝ってくれる女の子のマンションに転がり込んだからだ。

そのとき僕は、潮時だなと悟った。〝友だち以上恋人未満〟の関係だった波子を〝同居人〟に引きずり込むチャンスだと思った。

もちろん僕は、「眺めのいい部屋」のダニエル・デイ・ルイスと同じ役回りだ。「職に就かなくて済むくらいの財産があっても、美術と書物と音楽の世界だけに閉じこもってる人なんて息がつまるわ」と嘘(うそ)の告白をされ、ヘレナ・ボナム・カーターに婚約を解消されるのだ。

もっとも僕の場合、美術の代わりに映画で、婚約でなく同居を解消されるだろう。

僕は、事の一部始終をこまごまと説明し、できれば隣室に住んでくれないかな、と波子に持ちかけた。ロハだと気が引けるだろうから、週に一度、散歩に付き合うだけでいい、と条件を出した。

「ふざけてるの?」

「意外といいもんだよ、黄昏(たそがれ)どきの散歩なんて」

「気が向かなきゃとうてい無理ね」

当時の彼女は交際している妻子持ちの男がいて、その中年男からマンションを買ってやるという話があった。だが自立心が強い彼女は、好きな仕事は続けたいものの、今の収入では手が届かない3LDKの部屋で、男から束縛されながら愛人のように過ごす気はさらさらなかった。そんな身の上に落ちるくらいなら、隣室に僕が住んでいる方がよっぽどマシだと判断するに違いない。

案の定、見るだけ見ていいわ、と波子は言った。そしてバルコニーに出たとき、驚嘆の声をもらした。

「信じられない」と僕を振り返った。「あなたにはもったいない景色だわ」

「だから波ちゃんに勧めてるんじゃないか」

「家賃は月に一万円でいい？」

澄んだ大きな目で彼女は僕を見つめた。これがくると、ドキッとして逆らえない。

だが希望の光が消えたわけではない。三階には他の階にない秘密があるからだ。

それは波子の部屋に通じるドアで、密かに〝開かずの扉〟と呼んでいる。彼女の部屋からしか開けられないからだ。

4

相続の際に売り払った親父の家には、ほとんど未練がなかった。親父の転勤が多かったため、義務教育のうち四年間しか暮らしたことがないからだ。東京の大学に入学するまでの僕は、映画好きの「転校生」として「少年時代」を送り、学校を替わるたびにしこたまコンプレックスをため込んでいった。言葉の訛り、赤面症、運動オンチ、などなど。

　僕の半生は二つの時期に分けられる。コンプレックスをため込んだ少年時代とコンプレックスと和解し始めた十九歳以降である。

　那美子と初めて出会ったとき、僕はコンプレックスのかたまりだった。だが本名と決別し、コンプレックスの再生利用を模索していた。

　ところがコンプレックスという魔物は、おいそれと折り合ってはくれない。

　言葉の訛りは、東京弁を身に付けた。赤面症は、顔が赤くなる間もなくジョークをまくしたてた。運動オンチは、ＴＶのスポーツ番組を見て選手になり切った。その際にプロ野球やボクシング、テニスのウィンブルドン大会は功を奏したが、シンクロナイズド・スイミングは失敗だった。

　ノーズクリップの選手を見た途端、呼吸困難に襲われたからだ。


　他人と比べると、僕の少年時代は暗いイメージがつきまとう。だが神話にしたいような幸せな日々も存在した。それは１９６７年――僕が十二歳のときで、三年ぶりに我が家に戻って暮らした一年間だ。

その年はオクテの僕にとって初めてづくしだった。ブラジャーを着けた同級生の女の子を教室で初めて見、外人の女の一糸まとわぬ姿を雑誌の写真で初めて見、学級委員の一人に初めて選ばれた。「ザ・モンキーズ」を見てポップスを聴き始め、「日曜洋画劇場」のお陰で映画に夢中になり出した年だ。

そして相思いを初めて経験した。相手は二学期の席替えで僕の隣に座った双子の片割れで、打てば響く女の子だった。当時の僕が彼女に持ち出す話題と言えば、授業で理解できなかったところと昨夜見た映画のストーリーだけで、双子の姉に会うまで彼女の飾り気のない美しさに気づかなかった。それを正直に打ち明けると、二卵性だからちっとも似ていないのよ、と言って彼女はニッコリ笑った。僕はその笑顔を生涯忘れないだろう。

だが悲しいかな、その翌年に親父の転勤であっさり彼女と別れることになる。

三学期最後の日、仲がいい同級生の女の子に促されて照れくさそうに僕の前に歩み寄った彼女は、ハンカチを入れた包みを手渡し、さようなら、と言った。僕はうつむき加減に微笑みかけ、またね、と言って校門を出た。

やがて別の校門に入るわけだが、僕は天国から地獄に突き落とされる。声の抑揚が変だと言われていじめられ、エドガー・アラン・ポーを耽読(たんどく)する暗い少年になっていくのだ。


僕が隣の女の子に夢中になっている頃、ベトナムでは平均年齢十九歳のアメリカ兵が「プラトーン」のように空しい戦闘をくり返していた。西アジアでは、イラクのクウェート侵攻の伏線を敷く第一次中東戦争が勃発していた。

翌年僕がいじめられている頃、アメリカ本国では、ロバート・ケネディとマーティン・ルーサー・キング牧師が暗殺された。ロバートの死は、白人に対してジョン・F・ケネディに続く衝撃を与え、キング牧師の死は、黒人に対してマルコムXに続く衝撃を与えた。

二人の主張は、「ドゥ・ザ・ライト・シング」のラストで明確に示されている。人種差別に暴力で闘うことは破滅に至るらせん階段を下りることだ、とキング牧師が説いたのに対し、自己防衛のための暴力を知性と呼ぶべきだ、とマルコムXが主張したのだ。

どのみちその頃の僕は、さまざまな国で多くの人々が無慈悲に命を奪われるニュースを知らされても、心に留めることはなかった。幼い恋心が芽生えたり、コンプレックスをため込むのに忙しかったからだ。のちに、シラケ世代と言われる所以（ゆえん）である。

中島みゆきが歌う――「それを宝にするには　あまり遅く生まれて　夢のなれの果てが　転ぶのばかりが見えた」

白井慶一は、全共闘世代の末裔だと言っていい。僕より二つ年上で、高校時代に授業ボイコット運動を扇動して停学処分を食らった。東京で唯一学園闘争を続ける大学に入学してからは、過激で反体制的なメッセージ・ソングを歌う頭脳警察を聴きながら、新東京国際空港建設に反対する闘争に参加した。

大学を中退して実家に帰ってからは、さまざまな職業を転々とした。たまたま僕が勤めていた広告代理店の先輩が彼と同じ高校の同級生だった縁で知り合うことになる。初めて彼に出会ったとき、ヌーボーとした風貌のどこにも全共闘世代の痕跡を見いだせなかった。

白井は、僕らのことを、何もない世代だ、と糾弾する。なぜかと訊くと、何もしなかったからだ、と。彼の言う通りだった。だが僕らは何もしない代わりに、ジョークを飛ばしてやり過ごすことだけを身につけた。

彼が愛好する音楽は、ピンク・フロイドやブルース・スプリングスティーンのようにメッセージ色の強いもので、彼が認める映画は、「Z」や「ゆきゆきて、神軍」のように反体制的な作品である。とろけるようなハーモニーのラブ・ソングや「一日の最後におしゃべりしたいのは、君だ！」と言ってプロポーズするロマンチックなコメディーが好きな僕とは、まるで趣味が違う。

だが今では、大韓航空機爆破事件や連続幼女誘拐殺人事件がモチーフとなる彼の歌を聴きながら、マーラーズ・パーラーでタダ酒を飲んでいる。

1989年3月、九年間勤めていた広告代理店を退職した。親父が腹上死し、多額の遺産が転がり込んだからだ。

不思議なことに、その九年間にどんな仕事をし、どんな出来事があり、どんな思いが駆けめぐったのか、あまり思い出せない。目の前の火の粉を払いのけるのに精いっぱいだったからだ。

まさかあれを忘れたのか?と元同僚が小首をかしげた。彼によると、僕のデスクの上の散らかりようは名だたるもので、うっかり新しい企画書を置いたら最後、回収を断念するしかなかったと言う。

まるで日航機の墜落現場みたいだったわ、と一時期付き合っていて一方的にふられた女子社員が言った。

言い得て妙だ。僕の心の中を見透かされた思いだった。復元するなんてとうてい不可能になった夢の断片が散らばり、想い出と化した乗客の遺体が至るところにころがっているのだ。

こんな惨状をいつまでも見過ごすわけにいかない。少なくとも映画のビデオなら、巻き戻しさえすれば、乗客は生き返り機体の中に収まるかもしれない。

そんな途方もない幻想にとらわれた僕は、あるときデスクの上を一掃した。残された使命は、波子にアプローチすることだった。


波子と再会してから三カ月後、彼女は洋楽のビデオ・クリップを流す深夜の情報番組のアシスタントに起用された。思えば、最新ヒット曲に明るいとは言えない彼女がどうして選ばれたのか不思議だったが、番組でＭＣを務めるＦＭ出身のＤＪに気に入られたに違いない。

偶然の出会いを装った僕は、ＴＶ局のロビーで彼女に声をかけた。洋画宣伝を担当する広告マンらしい勝手知ったる行動だ。

「今気づいたけど、普段の声って低くない？」

「そうなの。私の唯一のコンプレックスなの」あっさり波子はそう言った。誰が見ても愛嬌がいいし、スタイルもいいし、コンプレックスのかけらもなかった。

だが僕は、彼女の唯一のコンプレックスに魅かれた。「低い方が魅力的だな」

「どうして」

「だってカン高い声でしゃべる女の子がおしとやかに見える？　まるで一人へヴィメタ・バンドじゃない」

のちに僕は、彼女と「ラジオ・デイズ」を見に行ってそれを証明することになる。40年代のブロードウェイ、ラジオ・スターを夢見て働くキンキン声のミア・ファーローは、いつも不運な出来事に邪魔されてうだつが上がらない。だがあるとき発声法の勉強を思い立つ。彼女は学校に通い死にもの狂いで声を矯正し、その結果上品なパーソナリティーとして成功をつかむ。

ところがそのときの波子は、ニッコリ笑っただけである。

そこで僕は、内ポケットに忍ばせた映画のチケットの束を取り出した。本命の映画とかき集めた〝すべり止め〟だ。

「よかったら一緒に見に行かない」と僕はさり気なく誘った。

「すでに見てるんじゃない？　業務試写会で」

「僕にとっていい映画とは、もう一度見たくなるやつだ」

「わざわざ買ってきたの？」

「正直に言うよ。うちの会社が宣伝してるやつもある。宣伝仲間から調達したやつもある。わざわざ買ってきたやつもある。でも次に見るときは、大切な人を連れていきたい」

ところが波子は、おいそれと付き合ってくれる女の子ではない。

一度目は、気は確か?という顔をされた。「キリング・フィールド」である。

二度目は、ぎりぎりアウト!という顔をされた。「パリ、テキサス」である。

三度目は、都会の映画ってないの?という顔をされた。「田舎の日曜日」である。

そしてそのたびに、ジャズ・ダンスのレッスンがあるから、とにべもなく断られた。

僕は、一度も彼女のダンスを見たことがない。ツルの機織（はたお）り状態にでもなるのだろうか。

1986年6月、四度目の正直で、滑り込みセーフ！とも言える笑顔を見せてくれた。「ストレンジャー・ザン・パラダイス」である。

六十席しかない地下一階のミニシアターで、僕は初めて波子とデートをした。そして映画について語り合った。

ブダペストからやってきたエヴァは、ニューヨークに住む従兄のウィリーのアパートに転がり込む。そして彼女がクリーブランドへ発つとき、従兄は餞別(せんべつ)として花柄のワンピースをプレゼントする。

「何がおかしいかって、エヴァが『サエないドレスね』と言ったのに対し、ウィリーが『この国ではみんな着てる』と返すところだね」と僕は言った。

「ゴミ箱に脱ぎ捨てるところよ、アパート出た瞬間に」と波子は主張した。

それ以来、どんな映画を見に行っても気に入ったシーンが擦れ違った。同じ一場面に居るのに、まるで気づかない恋人たちみたいに。

あとにも先にも一致したのは、ニューヨークで不条理な一晩を過ごした男の話だった。波子が気に入ったのは、主人公が追いつめられたクライマックスで、いいとおしく切ない気持ちでいっぱいになると言う。

　彼女の言う通りだった。


そのシーンは、クラブ・ベルリンに逃げ込んだ男がジュークボックスにコインを入れるところから始まる。そして一人カクテルを飲んでいた中年女をダンスに誘う。なぜ誘うの？　なぜ優しくするの？と向かい合ってダンスをしながら彼女が尋ねる。すると男は、「生きたい」と答える。知り合ったばかりの若い女を訪ね、女のミステリアスな行動に翻弄され、ソーホー地区に住むエキセントリックな連中に右往左往し、揚句に殺気立った自警団に追い回されたからだ。

その間ジュークボックスから流れてくる歌は、語りとサビをくり返す。

我が家が燃え尽きるのを眺めた。火事なんてこんなもの？

道化師や象や踊る熊のショーを見た。サーカスなんてこんなもの？

世界一素敵な男の子にふられた。恋なんてこんなもの？

「あたしが最期を迎えたとき、息を引き取りながら自分に向かってこう言うつもり」とペギー・リーがハスキーな声で歌う。「〝それだけのこと〟なの？」

聴き覚えのある懐かしい曲にすっかりハマってしまった。僕はレコードを手に入れ、何度も聴いた。

これがすべてなの？　それだけのことなの？と親友に向かってペギー・リーは飽きもせずくり返し問いかけた。それから決まってこう歌った——「さあ、踊りましょう」

5

僕は、一日の半分を眺めのいい部屋で暮らしている。

朝は必ず味噌汁とご飯を食べる。午後は業務試写会で新作映画を見、遅い昼食をとったあと、部屋に戻って紹介記事を書く。夕方六時になると、晩酌を重ねながら波子が出るニュース番組を見た。

1988年4月、彼女がお天気キャスターに抜擢されて以来、僕らはほとんどデートする暇がなくなった。波子が番組のレポーターをやることが多くなり、以前より忙しく時間が不規則になったせいだ。

僕は、彼女に会えない代わりに、彼女の出番をビデオに録画した。

波子は相変わらず愛嬌を振りまき、リスみたいに軽やかに喋る。スタイルのよさも申し分ない。だがいつまで経っても心に残るアナウンスができなかった。

僕は、彼女に向かって言いたかった――「赤くてぷりぷりした唇からこぼれるのは、原稿通りの予報だけ？」

あるいは、「『バック・トゥ・ザ・フューチャーPARTⅡ』みたいに、にこりともせずにこう言ってみろよ。『あと五秒で雨が止みます』」

出不精の僕にとって雨は大敵だ。もしも一日の降水確率が分単位で予報できれば、確実に雨の降らない時間帯を選んで外に出る。試写会以外でやむを得ず用があるときは、マーラーズ・パーラーで雨宿りする。

マーラーズ・パーラーは、雨宿りに最適な場所だ。風が吹き荒れようと雷が鳴り響こうと、この店にいるとリラックスする。白井慶一の彼女、西園綾さんがこしらえるパスタはどれも絶品だし、タダ酒と好みの音楽に事欠かない。ステージで反体制的なメッセージ・ソングを歌うとき以外は、出資者である僕の趣味に合わせて、有線放送のチャンネルを70年代ポップスに選んでくれるからだ。

僕は、何も考えず、生ビールを飲みながら、ランダムに流れてくる歌に身をゆだねる。心地よいひとときだ。懐かしい歌声、懐かしい演奏、懐かしい旋律に包み込まれ、気づくと70年代にタイムスリップしている。

ときに、息ができないくらい胸がきゅんと締めつけられる。

すると無性に那美子に会いたくなる。だが彼女との再会は、不可能な夢を見続けることと同じだった。

1976年9月、那美子と出会ってから一年後、彼女はアメリカに留学した。

「フール・オン・ザ・ヒル」が収録されたビートルズの「マジカル・ミステリー・ツアー」とセルジオ・メンデス&ブラジル’66のベスト・アルバムを持って。

大学があるロサンゼルスへ出発する直前、僕は池谷先輩に誘われて初めて那美子の自宅を訪れた。

コデマリの生垣をめぐらした伊集院家は、閑静な高級住宅街にあった。池谷先輩が低い鉄柵の門を通り抜けると、へっぴり腰で僕はついて行った。上がり口に出迎えたお手伝いさんらしい中年女性が応接間に通した。部屋の中をぐるりと見回すと、スタインウェイの小ぶりなグランド・ピアノが置いてある。

絣(かすり)柄の浴衣を着て那美子が現れた。ビロード張りの肘掛け椅子に座った僕らに向かって、小さく手を振った。ごく自然で、いかにも育ちのいいお嬢さまといった仕草だ。そんなしとやかな彼女を見るのは初めてだった。

「ホントに行っちゃうの?」

「ごきげんよう」

僕は、息ができないくらい胸がきゅんと締めつけられた。

そして三年後、人生最大の意表を突かれた。那美子と池谷先輩がロサンゼルスで結婚式を挙げたのだ。

二十四歳の那美子を花嫁に迎えた池谷先輩に、僕はハッと胸を突かれた。と同時にホッと胸をなで下ろした。子供の頃からずっと那美子が好きだったに違いないとうすうす感じていたからだ。だが大学時代の僕は、ひたすら彼女への想いを喋り続けた。愛想笑いを見せながら耳を貸す池谷先輩に向かって。

今思えば、物静かな腹話術師に喋らされた間抜けなあやつり人形だった。間抜けな僕は、那美子との再会に思いを馳（は）せた。

仲むつまじく手を握り合った那美子と池谷先輩が裸足で海辺を歩いている。潮騒とすがすがしい風が二人を包み込む。波打ち際で那美子が走り出す。つられて池谷先輩が後を追う。春の淡い夕闇が広がり始め、二人は肩を寄せ合って歩いていく。

僕は、一心に二人を見つめている。いとおしく切ない気持ちでいっぱいになる。ふいに彼女だけが立ち止まる。

目を輝かせてそっと忍び寄った僕は、囁くように最後の質問をする――「気に入っている？　今のフルネーム」

「イケヤ・ナミコ？」と振り返った彼女は笑顔で答える。「平凡ね」

平凡こそ那美子が子供の頃から抱いていたささやかな夢だった。

当然のことながら、赤いランドセルにリコーダーを差し込んで通学する姿なんて、地味で平凡な女の子に違いない。

「フール・オン・ザ・ヒル」の話をしたあと、僕は「小さな恋のメロディ」に夢中だった頃を持ち出した。三人とも好きなイギリス映画だった。１９７１年６月に公開されたとき、那美子は十四歳で、僕は十六歳で、池谷先輩は十七歳だった。

音楽のテストを受けるためにチェロを抱えてやってきたダニーは、控え室で思いがけず片想いのメロディと二人だけになる。気まずい沈黙が訪れる。彼女はそこから抜け出すためにリコーダーを吹き始める。マーラーの交響曲第1番第3楽章の主題に使われた「フレール・ジャック」だ。ダニーは一拍おいて追いかけるようにチェロを弾き始める。二人の輪奏が部屋じゅうに響き渡る。

二人が初めて心を寄せ合うシーンだ。僕はひとり熱弁を振るった。このシーンから幼い恋心が芽生え、初デートで墓石に記された「五十年の幸福」に心をくすぐられ、相思いの仲になっていくのだ、と。

僕の心の中は、ビージーズが歌う「若葉のころ」に包み込まれていた。

ところが那美子は、まるで興味を示さなかった。

「ねえ、ダニーとメロディって、あのあとどうなるのかしら？　手押しトロッコで去って行くじゃない、れんげの花がいっぱい咲いている野原を」

「もちろん二人は結ばれるよ」

いつも僕らのやりとりを眺めている池谷先輩が珍しく口を挟んだ。

那美子は彼に向かってニッコリ微笑みかけた。「どうやって？」

「まずは住み込みの仕事を探すと思うな」と僕は慌てて茶々を入れた。「活字を拾って並べて戻したりしながら、大人になるのを待つんだよ」

だが今なら言える。映画のプロデューサーになって「キリング・フィールド」を制作する、と。

１９８９年７月、波子が隣室に引っ越してから一カ月後、彼女の実家からヤマハのアップライト・ピアノが到着した。七歳の誕生日に買ってもらったらしい。引っ越しの手伝いをして以来、初めて招待を受けた。

「何かあなたの好きな曲を弾いてあげるわ」

「曲名は知らないけど」と言って、途切れがちに口笛を吹いた。味噌が腐るほど音痴の僕にとってそれしか伝える方法がないのだ。僕は「ホテル・ニューハンプシャー」の中でくり返し流れる旋律を奏でた。なぜかハープだけで演奏するウィーンのカフェが目に浮かんだ。

「何だ、オッフェンバックじゃない」

やっとの思いで拷問から解放され曲を聴き取った彼女は、ゆったりと鍵盤を叩いた。「ホフマンの舟歌」だと言う。

ソファに腰を下ろした僕は、束の間の幸せをかみしめた。

夢うつつに聴いていると、突然テンポの速いシャンソン曲に変わった。雄大な景色をのんびり眺めていた列車から引きずり下ろされた気分だ。

驚き体を起こすと、波子がワンフレーズだけ歌った――「『ろくでなし』」


気が向いたのだろう、波子は月に一度、散歩に付き合うようになった。そのままカクテル・パーティーにでも顔を出していいくらいのきりっとした服を着込み、ほとんど同じ道を歩いた。僕が一方的に喋った。とんでもなく退屈な新作映画を見せられ、うっかり居眠りしそうになったとか。何も心に浮かばないときは、ただ黙って歩いた。気まずくなることはない。

我が家をあとにし、丘を下って行き、浄水通りに出る。しばらく緩やかな坂を上って行き、手作りのチョコレート専門店がある中腹まで来ると、そこからまた下る。途中、右手にカトリック教会、左手に中高一貫の女子校がある。

市道を渡り裏道を歩いていくと、けやきの木が立ち並ぶ国道に出た。夕闇に包まれ点々と街路灯がともる時分だと、うきうきした気分になった。言葉を交わすのが野暮に思えてくる。

　街の中心にある広大な公園へたどり着くまで、ひたすら肩を並べて歩いた。足を運ぶ一歩一歩がささやかな都会のオアシスになった。


　初めのうち、散歩ができるだけで満足だった。

　だが一年が過ぎた頃、僕は次第にピアノを弾く彼女の姿を見たくなった。散歩の途中、さり気なく頼んでみた。だが即座に却下された。何度か試みたが、剣もほろろだった。

　仕方ないので、高級ホテルのカクテル・ラウンジにいる自分を思いめぐらした。カウンターの椅子に腰かけた僕は、三杯目のマティーニに口をつける。ほろ酔い気分で、近くの女の子に声をかける。ボックス席の向こうには白いグランド・ピアノがあり、弾き語りが始まる。それだけのことなの？　さあ、踊りましょう、とペギー・リーがくり返し歌う。

　僕は、あか抜けた言動で女の子を魅了している。突然むんずと耳をつかまれ、誰かに引っ張られるみたいに振り返る。耳もとに聞き覚えのある低い歌声がまとわりついてくる。はたと声の主が波子だと気づき、ドキッとして椅子から転げ落ちる。初めて出会ったときの〝ときめき〟が甦(よみがえ)ってきた。何かを予兆する白日夢だ。すると遠慮がちにノックする音が聞こえる。おもむろに〝開かずの扉〟が開いた。

6

かつて「戦争を知らない子供たち」と呼ばれた頃、僕は高校の同級生の誰よりも戦争に詳しかった。人類が文明を築いて以来今日に至るまで、いつ頃どこでどんな戦争が勃発し、結果どの国が滅ぼされ、どの国が領土を拡大したかをごまんと知っていた。

教科書に載っていない戦争も知っていた。各国別に時代順にどんな戦争が勃発したかも知っていた。かつて明(みん)(中国)の支配下で安南(あんなん)と呼ばれた国が独立して大越と称した時代、西山党の乱が起こり、その後越南国になり、1884年に宗主権を巡って清仏戦争が勃発した、といった具合だ。

当時の僕にとって、戦争は歴史の中の陣取りゲームだった。僕の知識欲はゲームの名称を憶えることに夢中だった。

現在進行形だったベトナム戦争ですら、その一つにすぎなかった。

道理でクリーデンス・クリアウォーター・リバイバルの「フール・ストップ・ザ・レイン」を聴いても、心に留めなかったわけだ。誰かに止めてほしかったのは、アメリカの厄介な雨ではなく、ベトナムに降り注ぐナパーム弾だったにもかかわらず。

「フルメタル・ジャケット」のラスト・シーンを思い出す。たった一人のベトコンを相手におろおろしながら戦った若いアメリカ兵たちの行軍だ。彼らは恐怖心をふり切るように「ミッキーマウス・マーチ」を歌う。

僕は、そのシーンだけに参加した能天気な高校生だった。

「どうも気になるんだけど」と大人になった僕は、親父に向かって第二次世界大戦当初の日本軍の侵略戦争について尋ねてみた。「あの戦争って、国家的な口べらし政策じゃなかったの？」

「あからさまに言ったら大ごとだ」と十九歳のときに徴兵された親父が同意した。そして苦笑いしながら言った。「新兵の命なんて安いもんだ。一銭五厘だ」

「一銭五厘？」

「赤紙の値段だ。訓練のときに上官からよく怒鳴られた。お前らは一銭五厘の値打ちしかない」

驚きだった。日の丸の小旗と万歳三唱で見送られ出征した国民は、お国の宝ではなかったのだ。

戦争を知らない僕にとって、新たな発見だった。

かつて映画デートをしていた頃、僕は波子と顔を合わせるたびに、彼女の中に新たな発見をした。愉快な驚きだった。たちどころにそれが好きになり、そのことを即座に彼女に打ち明けた。声に出して言うと、気分がリラックスするのだ。

細身のジーンズの上に膝丈のロング・ブーツを履いて現れたとき、鉄腕アトムみたいだ、と僕は言った。すると、着太りするってこと?と涼しい顔で彼女に切り返された。

寝不足の彼女が五分間寝かせてと言ってぴったり五分で目覚めたとき、カワイイ五分間だった、と僕は言った。すると、それ以外のときは?と低い声で彼女に突っ込まれた。

波子は、スクリュー・ドライバーをおいしそうに飲む。あとから注文した僕には、幸せの味がした。

「波ちゃんって、どんなヘアバンドでも似合うね」

「乙女チックだから?」

「この前の三つ編みもよかったな。その紅いカチューシャもいいよ。どんな気分のときに着けるの?」

「機嫌が悪いとき」

僕にとって女の子は、二つのタイプに分けられる。僕の想像力を刺激するタイプとそうでないタイプだ。出会う確率は、後者の方が前者より圧倒的に高い。また、僕の想像力を刺激するからと言ってその女の子がミステリアスだとは限らない。

その点で、波子はミステリアスで、僕の想像力を刺激し続ける女の子だった。もしも彼女のことが気にならなくなり、彼女に触発されないときが来たなら、ショックのあまりずるずるとへたり込むだろう。

僕が心を寄せる女の子は、波子だけだった。アントニオ・カルロス・ジョビンがピアノ伴奏する「波」を聴きながらこう告白したかった――「誰もが好きになる、誰よりもいとしい、君に会えてよかった、ただそばにいるだけでいい、ただ語り合うだけでいい」

スターダスト・レビューなら、ア・カペラでこう答えるだろう――「お互いに恋人になれるよな、ドラマティックな決め手があれば、今ごろは優しい腕の中で、たそがれを見つめていたはずね」

〝開かずの扉〟が開いたとき、僕にとって1989年11月に始まったベルリンの壁崩壊に匹敵する出来事だった。

波子は右手にワイン・ボトルを、左手にグラスを二つ持っていた。光沢を帯びた真紅のスーツを着ている。スカートは短めで、お天気キャスターでもお散歩コンパニオンでも感じなかった妖艶な雰囲気が漂っている。

飲む？と愛嬌のある笑顔を見せながら低い声で彼女は言った。

ぎこちなく頷（うなず）いた僕は、彼女のもとに歩み寄りボトルとグラスを受け取った。バルコニーへ誘導すると、波子が木製の椅子に腰を下ろした。夜景を眺めている間、冷蔵庫からチョコレートの盛り合わせを出し、テーブルの上に置いた。

グラスにワインを注ぎ、乾杯した。黙って飲み続けた。彼女の顔をまじまじと覗（のぞ）き込みながら、あれこれと思い合わせた。うるんだ目は何を物語っているのだろう？　仕事をしくじったのか。不倫相手と別れたのか。

僕は、キスしたい衝動に駆られた。

少しずつ顔を波子にすり寄せた。口元から離さないワイン・グラスをそっと取り上げ、テーブルの上に置いた。

彼女の目をまっすぐ見つめながら、好きだよ、波子、と僕は言った。そして赤くぷりぷりした唇にキスをした。


自分のために墓石を建てるときが来たのだ。

寝室の中は、中央に鎮座した36インチTVのブラウン管が発する光だけで、モノクロの画面には、アントン・カラスが奏でるチターの音色が流れる「第三の男」のウィーンが映っている。

やがて十三歳の少年に戻った僕は、まるで「ビッグ」のトム・ハンクスのように波子の胸をはだけた。彼女が画面をリモコンで消すと、即座にリモコンで電源を入れた。それを三度もくり返した。

波子が一歩手前に踏み出しモノクロのウィーンに背を向けた瞬間、上半身を包んでいたものがするりと脱げ、白い裸身がふわりと浮かび上がった。震いつきたくなるようなしなやかな曲線だ。

僕は、とっさに目の前のベッドに腰を下ろし彼女と向かい合った。そして立ち尽くしたままの波子を見上げた。瞳の奥にきらりと線香花火が光る。手を伸ばし両の手のひらでそっと乳首に触れてみる。指先を寄せると、お椀のような丸い乳房がすっぽりとおさまった。僕の手の中に神秘のかたまりが息づいている。

目を落とすと、形のいい臍が可憐（かれん）な花のようだ。ぺったんこのおなかとしっとりとした太股の間には、光沢のある薄い生地がはりついていて、波子の匂やかな部分を覆い隠していた。女の子には実にいろんな部分があるものだ。

ベッドに陣取った僕の一物は、熱くはち切れそうになった。

ところが、それはただのお二物だった。

いつの間にか真紅の下着を着けると、波子はちらりと僕を振り返った。

「『ハゲは強い』んじゃなかったの？」

「え？」うなだれていた僕は、彼女を茫然と見上げた。「そんなこと言った？」

「確か、プロローグだったわ」

素早くスーツ姿に戻り向き直った波子は、何気なくそう答えた。すでに羞恥心を取り戻したに違いない。

「読んだの？　僕の原稿」

「驚いたわよ。てっきりいるかと思ってドアを開けたら、『モモ』の代わりに、記憶を盗まれた男の話が書いてあるんだから」

記憶を盗まれた男？　相変わらず感受性が鋭い。

それにしてもダブル・パンチだ。純子ちゃんのときは、頭髪を犠牲にして何とか乗り切ったが、今度は何を犠牲にすればいいんだ？　相続した親父の遺産を放棄しろと言うのか。

「どこまで読んだの？」

「ラ行の女のところ」

僕は、大げさにため息をついた。

一人残された僕は、「男と女」をくり返し見ながら一晩じゅう飲み続けた。ジム・

ビームを一本開けたところで、夢の中へ入っていった。翌朝遅く起き、即席の味噌汁だけをすすり、マーラーズ・パーラーへ出かけた。

立て続けに五杯も生ビールをあおった。綾さんがこしらえたペペロンチーノを残した。白井慶一が声をかけてきたが、訊かないでくれ、と追い払った。70年代ポップスが虚ろに響き、胸の中を素通りしていく。二時間後におとなしく退散した。

眺めのいい部屋で目が覚めると、西向きの窓からうっすらと赤い光が射し込んでいる。バルコニーに出ると、嫌味なくらい美しい夕映えが目に入った。

僕は、おもむろにディスプレー・ラックとスライド書棚を組み合わせたキャビネットに歩み寄った。中にビデオ・カセットを三百本ほど収納している。業務用のサンプル、市販のパッケージ、エア・チェックした白パケ、大半が映画か音楽のビデオだ。その中からステッカーに「波子」と手書きしたカセットを取り出した。

ビデオ・デッキで再生すると、波子のアナウンスの映像が映し出された。彼女の出番だけを編集したやつだ。消音にしてボーッと眺めた。愛嬌のある笑顔とワンピース姿が一貫して変わらない。彼女にふさわしい色、不釣り合いな柄、身体にぴったりのやつ、どうひいき目に見てもゆるゆるのやつ、絶妙にネックレスと組み合わせたやつ、腹巻きみたいにベルトを締めたやつ、などなど。

動画をくり返し見るうちに、とびきり気に入らない姿を一時停止にした。おつむの中でワンピースを剥ぎとると、不覚にも下半身が熱くなった。


けたたましく電話が鳴り響いた。

「まだ酔っ払ってるの?」受話器をとると、波子の声だった。

おそらくマーラーズ・パーラーからかけているのだろう。僕はグラスに残っている赤ワインを一気に飲み干した。

「『鬼火』って映画の台詞(せりふ)を思い出したよ」と僕は酔いにまかせて言った。「『飲むのは、うまくいかないからだ』」

「アル中にでもなるつもり?」

「『酒とバラの日々』って手もあるな」

波子は、わざとカン高い声で言った。「あなたって、いちいち映画を引用しないと気が済まないの？」

「二日酔いになるとね」僕はグラスになみなみとワインを注いだ。

「ねえ」波子は低く優しい声で言った。「自分の墓石を、建て損なっただけでしょ？」

彼女の言う通りだった。〝それだけのこと〟だった。

かつて波子は、「おいしいラーメン食べ歩き」と称して三日かけて番組の取材をしたことがある。以来、街のラーメン屋情報にやたら詳しくなり、僕は一日だけお気に入り名店めぐりに付き合わされた。

彼女は、汗びっしょりになってラーメンを食べる。食べたあと、化粧が落ちるのも気にせずフェイス・タオルで汗をぬぐう。

そんな波子を微笑ましく眺めながら、僕はリクエストした。「四川風味噌ラーメンを食べてみたい」

「気は確か？」

僕は、伯父が営む小さな中華料理店で、生まれて初めて味噌ラーメンを食べた。

十歳のときで、初恋の女の子に出会ったときの感動に似ていた。

「どうしてそれを四川風だと思ったの？」

「インスタントにあったからかな」

「それは豆板醤（とうばんじゃん）を使ったからよ。もともと中国に味噌なんて調味料はないのよ」

ふとそんな会話を思い出した僕は、努めて陽気な声で言った。

「今思いついたけど、『マジカル・ミステリー・ツアー』に出るよ」

「魔法をかけられた、行き当たりばったりの、珍道中？」と受話器の彼女は言った。

「まさに」と笑いながら僕は言った。「ついでに四川風味噌ラーメンも探すよ」

7

波子が指摘したように、僕は記憶を盗まれた男かもしれない。

おつむの中にある記憶は、エジプトの墓荒らしによって盗掘され、ばらばらに売り飛ばされ、永遠に元に戻ることはなかった。

僕が告白した過去は、虫食いだらけの記憶を行き当たりばったりに継ぎ合わせただけだ。

それでも奇跡的に盗掘を受けず、手つかずに残された秘宝があるかもしれない。十九歳で永眠したツタンカーメン王の黄金のマスクのように。

僕は、ファラオの呪いを恐れず、黄金のマスクにつながる手がかりを探した。

そして「ＮＡＭＩＫＯ」の映像の中に、それが潜んでいることに気づいた。初めて見たときの懐かしい想いは、少しずつ成長しながら歩くＮＡＭＩＫＯの背景のせいだ。

彼女の美しさを際立たせる街の景色こそ、小学校を卒業するまでの三年間を暮らしたところだった。

僕は、急ぎ高速バスに乗り、二時間後にその街に降り立った。

交通センターから道幅の広いアーケード街に足を踏み入れた。

途中、女子学生に目を留めた。やたらと短いタータン・チェックのスカートをはいている。スコットランドのキルトというより肩掛けを巻きつけたみたいだ。

アーケードの突き当たりで右へ曲がると、有名なファッション・ストリートがある。トレンドに敏感な連中が足しげく訪れるショップが軒を連ねている。

唐突に僕は、波子にワンピースをプレゼントしようと思い立った。100メートルほど行き来するうちに、とあるショップの中へ入った。マネキンが着た秋物のシャツ・ワンピースが目に入ったからだ。

赤と青を基調にした濃淡のバランスがほどよいタータン・チェックで、ウエストの切り替えがある。自慢の脚のラインを際立たせるのに十分短い丈だ。マネキンがかぶった黒いキャップもおまけにつけよう。店頭ディスプレー用で売り物じゃない、と言い張る店員を説得し、ワンピースと一緒に郵送にしてもらった。

波子の反応を想像すると、「ストレンジャー・ザン・パラダイス」のクールなエヴァが思い浮かんだ。彼女なら試着したあと、即座に脱ぎ捨てるだろう。そして波子ならこうつけ加えるに違いない――「まるで子持ちのミセスじゃない！」

愉快だった。本懐だった。僕の思いつきなんてそんな運命だ。

僕は、散歩気分でＮＡＭＩＫＯがたどった道を逆方向に歩いた。アーケード街を突っ切り、宮前通りをやり過ごし、昔ながらの商店街へ入った。すると目の前の光景がセピア色に染まった。小学生のときに通った駄菓子屋や貸本屋がそっくり残っているような錯覚に襲われたからだ。

セピア色の商店街を通り抜けると、Ｋ字型の交差点に出た。僕が初めて「フール・オン・ザ・ヒル」を聴いた年、日本で初めて設置されたスクランブル交差点だ。そのまま大学へ行かず、石垣をめぐらした小学校へ足を向けた。ゆるやかな坂を上ると校門があり、目の前に樹齢百五十年を超えた大イチョウがそびえ立っている。卒業記念に制作したレリーフには、木造校舎を背景に描いたが、今は鉄筋コンクリート造に建て替わっていた。

たった二十数年で、僕の三年間を奪い取られた気分だ。狭くなった運動場を眺めるうちに、かろうじて鼓笛隊が行進する情景が目に浮かんだ。

「ＮＡＭＩＫＯ」が撮影された大学のグラウンドは、小学生の格好の遊び場だった。かつて五色の鉢巻を締めた工学部の学生たちが学科に分かれてやぐらに陣取り、大運動会が行われた。ＴＶで見た東京オリンピックに匹敵する盛り上がりだった。だが集会やデモやストライキや公開交渉や封鎖などの一連の学園闘争によって、その伝統行事もやがて粉砕された。夢のなれの果てが転ぶのばかりが見える。

近くに標高１５０メートルの山があり、途中まで登ると、毎年花見に出かけた広場に出た。山肌の急斜面に植えられた桜の木々が麓の景色をさえぎっていて、枝葉が途切れた場所まで行くと遠くに天守閣が見えた。腰を下ろし、ボーッと眺めた。すると高校の体育館が目に入った。その向こうに住んでいた借家がある。

ふいに僕は、その一軒家の秘密を思い出した。持ち主の荷物がひとまとめに置かれた屋根裏部屋だ。持ち主も転勤族で、同じ転勤族同士で我が家の貸し借りをしていたのだ。施錠されていないので、中に入ることができた。両親が留守の日曜日、僕はこっそり中を覗いた。そこには蓄音機と夥しい数のＳＰレコードがあった。おそらく持ち主が収集したものなのだろう。ほとんどがクラシックのようだった。

その日から数カ月後、親父がパイオニアのセパレートステレオを購入した。主にクラシックのLPレコードを買ってきた。ベートーヴェンやピョートル・チャイコフスキーの全集も揃（そろ）えた。

親父も屋根裏部屋を覗いたに違いない。僕は秘密を共有しているみたいで愉快だった。


来た道をそのまま戻り大学のキャンパスへ入った。NAMIKOが一人もたれていた桜の木を探したが、見当がつかない。

大学生協食堂の階上に文化系サークルの部室があり、その中に映画研究部があります、と学園祭実行委員会室にいた女子学生が教えてくれた。部室のドアには、作品発表会を告知するポスターが貼ってあり、11月初頭に行われるという。

中は驚くほど小綺麗だった。壁一面に映画のポスターが貼ってあるわけでも、本棚に映画関連の雑誌や書籍が並べてあるわけでも、テーブルの上に撮影機材や小道具が置いてあるわけでも、床の上に撮影に使ったセットの残骸が放置してあるわけでもなかった。

　こざっぱりとした男子学生が中央の椅子に腰かけ本を読んでいるだけだ。

　僕が挨拶をすると、顔を上げた学生がぺこりと一礼した。

「ちょうど一年前だったかな、『NAMIKO』を見たのは」

　自己紹介をしたあと、僕はそう切り出した。

「芹沢さんの作品ですね、僕も手伝いました」

「君は？」

「撮影と編集を担当した、ずし（図師）と言います。『どですかでん』の頭師さんとは漢字が違いますけど」

「君が編集したの？」僕は軽いショックを受けた。「てっきり芹沢くんがやったのかと思ってた」

「表向きは先輩なんですけど、実のところ、歩くシーンを演出しただけですよ」とあっさり彼は言った。

わずか十二分の作品でも、ささやかな制作秘話があるものだ。

「でも見事な編集だったな」

僕は気を取り直してそう言った。


部室の奥に入った図師くんがフジカZC1000を持って戻ってきた。8ミリ映画制作者にとって憧れのカメラだ。ひとしきりカメラ談義に花を咲かせたあと、編集の経緯を楽しそうに説明した。

「芹沢くんって、まだ在学してるの？」

「残念ながら、命を落としました」とカメラを磨きながら彼は言った。「『アラビアのロレンス』みたいにオートバイ事故で」

「いつ？」

「二年ほど前です」と図師くんはあいまいな微笑みを浮かべた。「失敗作だとか言ってお蔵入りしてたんですけど、やっと先輩から取り戻しましたよ。それで映画祭に応募したんです」

「どうして失敗作なんだろう？」

「僕がでしゃばりすぎたからかな。でも編集を一手に引き受けた者としては、捨てがたいですよ。彼女も完成品を見たがってたし」

「彼女って、ＮＡＭＩＫＯを演じた彼女？」

「先輩の恋人だったんで」

「と言うことは」僕は大げさに天を仰いだ。「映像からあふれ出る憧れみたいなものは、君の仕業だったたってわけ？」

照れくさそうに図師くんが笑った。


毎度のことだが、僕は度しがたい思い違いをする。いや、今回の場合、明らかに味噌をつけたと言っていい。

ＺＣ１０００を恋人のように扱う図師くんの様子を見ながら、ふと重要なカットを思い出した。

「ひょっとして、ラストに出てくるスーツ姿の男って？」

「芹沢さんです」と図師くんは答えた。「あんなに仲よくされたんじゃ割り込む隙なんてないですよ」

「リアルな結末か」と僕は納得した。「でも相当ショック受けたんじゃない、彼女？」

「先輩が他界して半年が経った頃ですよ。突然ダンスをやるとか言い出して、結局上京しちゃいました」

僕は、打てば響くように鮮やかに思い出した。映画のラスト近くで挿入されたダンス・シーンだ。だらだらと撮影されたフィルムをたくみに編集していて、静と動のバランスが絶妙だった。「インパクトあったな、創作ダンスのシーン」

「何度かコンテストに出たみたいですよ、彼女」

すると突然、僕は彼女に会ってみたいという衝動に駆られた。

「実は、ＮＡＭＩＫＯという名前に、特別な思い入れがあるんだ」図師くんの顔色をうかがいながら陽気に言った。「彼女に会えないかな」

「連絡とれますよ」

彼はあっさりとそう言った。

「ところで」僕は容赦なく尋ねた。「君は、彼女に未練がないの？」

「ないと言ったら嘘になるけど」と図師くんは戸惑ったような微笑みを浮かべた。

だが即座にきっぱりと答えた。「今は、映画のお披露目ができただけで満足ですよ」

僕は、改めて思い知った。目の前にいる礼儀正しい青年は、映画を愛している。

ＺＣ１０００を駆使して、不可能な夢を見続けていた。

8

つまるところ、ないものねだりの人生だったかもしれない。

思い違いをするたびに、後悔をするたびに、味噌をつけるたびに、そんな思いに揺すぶられる。

真剣に映画制作に取り組んでいたら、と僕は思いめぐらした。おそらく「ＮＡＭ

ＩＫＯ」の撮影監督と同じ試みを実行していただろう。僕と那美子と池谷先輩だけの時間を琥珀の中に封じ込めてしまうのだ。だがそのチャンスは遠い過去に失われた。

仕事に忙殺されているとき、のんびり一人旅に出たいと思った。観光が目的ではない。列車に飛び乗り、ひたすら窓外の景色を眺めながらビールを飲んでいたい、と。

そんなぼやきを耳にした後輩が車窓ビデオをプレゼントしてくれた――「各駅停車ですよ」

だが本気で四川風味噌ラーメンを発見するのだ。

僕は、いつものようにソフト帽をかぶり、デニムのシャツの上にツイードのジャケットを着、久々にブーツカットのブルー・ジーンズと褐色のワークブーツを履いた。

丘の上の我が家をあとにすると、散歩するように四十五分かけて新幹線の駅まで来た。手荷物と言えば、すっぽりワープロが入るショルダーバッグだけだ。

数年ぶりに東京行きに乗った。

東京駅から電車を乗り継ぎ、大学時代を暮らした街に到着した。そこには、二つの大きな映画撮影所があった。

駅の改札口を出、記憶をたどりながら細い近道を歩いた。だが違う方向へ角を曲がり、１９７４年に洪水に襲われた一級河川の前まで来た。どのみちそこからアパートまで遠くない。堤防が決壊した下流に住んでいたなら、買ったばかりのオーディオ・セットが濁流にのみ込まれたかもしれない。

懐かしさに浸りながらアパートを見上げた。親父が建て替えた学生マンションと比べると格段に見劣りする木造二階建てだ。十年の歳月が流れていた。

すると突然、どんと背中を押され、危うく転びそうになった。右肩にかけたショルダーバッグがクッションになり、地面に顔面が衝突するのを阻止したからだ。ストラップをぐいぐい引っ張られたので、バッグにしがみついた。しがみついたまま少しずつ体を引きずられた。声を上げようとしたが、かすれ声しか出ない。不意にストラップが緩んだ。顔を上げると、一目散に走り去る男の姿が目に入った。

ふと気がつくと、ソフト帽を持った若い男が顔を覗き込んでいる。お怪我、なかったですか?と声をかけてきた。おそらく彼がひったくりを牽制したのだろう。

僕は、苦笑いを浮かべた。そして人差し指でおでこをつつきながら「ありがとう」と彼に向かって言った。「お毛が、なかったみたい」


かつて五年間通っていた大学へ立ち寄った。変わり映えのしない校舎の間を通り抜け、建て替わったサークル棟の前まで来た。今さら部室を訪れたところで、顔見知りの後輩がいるわけではない。中門まで戻り、バスに乗った。

二十分ほどして窓の外に広大な公園が見えてきた。バスから降り、なだらかな坂道を下っていくと、林の中に小さなカフェが目に入った。瞬間、盗まれた記憶がきらりと甦った。那美子に夢中だった穏やかなひとときだ。

桜の季節が過ぎ、新緑に包まれる頃、僕と那美子と池谷先輩は、公園の湧水池に沿って遊歩道を散策した。那美子は、白いブラウスに水彩花柄のフレアスカートをはいている。地面に映った木洩れ陽が萌黄色に踊っていた。

火ともし頃、僕らはカフェのパラソルの下で腰を下ろした。那美子が手のひらをかざすと、目を細めた彼女の顔が夕陽に彩られた。無造作に結んだ長い黒髪がはらりと解け、コーヒーの香ばしい匂いが漂ってきた。

池谷先輩が珍しく話題の中心にいた。歳の離れた妹の話だ。

彼女が十歳のとき、学校の帰り道に一輪の白い野花を見つける。近づくと可憐に咲いている。しばらく見とれていた少女は、その花を摘もうとして仰向けにひっくり返る。ぬかるみに足を取られたからだ。

「おニューの赤いスカートが泥だらけさ」

「カワイイ」と那美子は言った。

そのとき僕は、「君の、少女時代に、会いたい。」と思った。花柄のヘアバンドを着けた十歳の愛くるしい那美子を思い描いた。池谷先輩がたまらなくうらやましかった。ひとつ屋根の下の兄妹のように那美子と一緒に大きくなったからだ。

その夜、那美子が行きつけのショット・バーに連れて行った。

三種類のカクテルを飲んだ僕は、酔った勢いで彼女に詰め寄った。本当はピアノを弾けるんじゃないの？と。

マティーニを飲みながら那美子は言った。

「白状するとね、ピアノの練習をしたことがあるのよ。でも長続きしなかった。だからバレエに鞍替えしたの」

「それも素敵だ」

「想像しないでよ、恥ずかしいから」アルコールが入ると、彼女は少しだけお喋りになった。「仕方なかったのよ、父のお気に入りが『赤い靴』って映画だったから。健気な娘としては、期待に応えるしかなかったのよ」そう言って僕の顔を覗き込んだ。

「やっぱり変な想像している」

「してないよ」

「だって、アライグマみたいな顔をしているわ」

そのとき僕は、初めて気づいた。憧れの女の子と同じ空間にいるとき、そんな顔つきをさらしているのだ。

取りも直さずアライグマは、僕の幸せな顔に違いない。

撮影監督の図師くんの話だと、「NAMIKO」に主演した女の子は、ある舞踏集団に所属し「演劇の街」に住んでいると言う。

僕は、初めてその街を訪れた。

公演が始まるまで暇があったので、駅を中心として放射線状に広がる街を足の赴くままに歩いた。新旧にぎやかな店舗がふぞろいに軒を連ねた道に沿ってまっすぐ進むと、ふいに仕舞屋（しもたや）が現れた。来た道を戻り、駅の近くで脇道に入り、奥へ進むと再び店が途切れた。来た道を駅に向かって引き返す。僕はそれをくり返した。電波探知機のように360度回って、最初に足を踏み入れた場所に戻った。たっぷり二時間以上のそぞろ歩きだった。

そして目的地である小劇場の前まで来た。「サラの犯罪、エトセトラ」というタイトルのポスターがなければ、場末の銭湯か小料理屋と間違えたかもしれない。

舞踏集団のメンバーの中に、ナミコという名を発見した。


幕が上がると、暗闇のステージに白無垢(むく)の女性ダンサーが現れた。キーボードの演奏が始まりバックライトが点灯すると、五人は小刻みにくねくねと動き出した。瞬間的に静止しては身をくねらせる。その動きをくり返しながら次第にステージいっぱいに広がっていった。即興のような自由なダンスだ。バイオリンのやるせない音色がからむと、より一層なまめかしくなった。

退廃と異国情緒をないまぜにした音楽がダンサーたちを包み込み、音楽と添い寝をするようにダンスを繰り広げた。僕はそれぞれの動きを目で追いながら、五人の中にナミコを探した。

バイオリンとピアノだけの演奏が始まると、スポットライトが照らされ、いつの間にか四人が暗闇にまぎれた。ソロ・ダンスに替わってもエキゾチックな雰囲気は変わらない。僕は確信した。目の前で優雅に踊っているのがナミコだ。

テンポの速いピアノ演奏が流れると、激しくめまぐるしくなった。指先に至るまですべての動きがひたむきにリズムを刻み、しかもコミカルだった。息をのんだ。彼女の体じゅうから発散するエネルギーがステージの空気を熱く震わせ、最前列に座った僕は、その熱気に圧倒された。両脚を一直線に広げふわりと舞い上がったあと、着地する音がBGMを切り裂いた。

初めて目にする妖艶なダンスだった。秋波を送られたような錯覚に襲われた。パフォーマンスの最後は、クラシック・バレエを思わせる旋回で締めくくった。信じがたいことだが、軽やかに歩くNAMIKOとは別人だった。

図師くんの計らいで、彼女と待ち合わせする段取りができていた。僕は指定された劇場近くのジャズ喫茶で待った。

やがてナミコが現れた。くたびれたデニムのパンツに白いセーターを着ている。「NAMIKO」の冒頭のシーンを思い出させるあっさりした服装だ。

僕は、いつもの調子で会いに来た経緯を説明しようとした。だが途中から口をはさまれ、彼女は公演に至るてん末を話し出し、しまいにダンスの感想を求めてきた。彼女にとって初めてのソロだったらしい。

「正直シビれました」と僕は少し興奮気味に言った。「でもカワイイ」

「ホントに？」

ウイスキーソーダを飲みながら、僕は愛想よく頷いた。

「初めてだわ。カワイイなんて言われたの」

ナミコが笑顔になった。映画のラスト・シーンを髣髴（ほうふつ）とさせた。

やっとの思いで僕は、こまごまと経緯を説明することができた。

「どうしてナミコとつけたんです？　芸名に」

「何だってよかったのよ、ダンスをやりたかっただけだから。誰かに見て欲しかったの」とナミコはほんの一瞬だけ、なまめかしい表情を浮かべた。ダンサーの顔だ。

「でも彼が気に入ってたから、そのまま使ったの」

僕は、映画の制作経緯について尋ねてみた。

「私たちって結構危なかったのよ」とナミコはビールを飲みながら言った。「いい加減別れようと思ってたけど、やっぱり感づいてたのね。だから彼は、強引に頼み込んだのよ。撮影さえ始めれば、やり直しができるって。最悪、私を映画の中に封じ込めれば、傷つかなくて済むって」

「男って未練がましい」と僕は自嘲気味に言った。

「ところが、図師くんのあっぱれな編集のお陰で、『トニオ・クレーゲル』よ」

「トーマス・マンの？」

「撮影台本に書いてあったわ。『けれども私の一番深い、もっともひそやかな愛情は、金髪で碧眼(へきがん)の、明朗に生きいきとした、幸福な、愛すべき平凡な人たちに捧げられているのです』」

「つまり、映画を乗っ取られたわけだ、図師くんに」

「ひどいと思いません？　父が撮影した大切なフィルムを散々切り刻んだ揚句、失敗作だとか言って隠したのよ。事故で暁がこの世を去らなかったら、永遠に見れなかったのよ」

今頃になって、僕は作品の核心に気づいた。

「ひょっとして、副題はなかった？」

「ただの『ＮＡＭＩＫＯ』だったわ」


僕は、しばし茫然とした。「ＮＡＭＩＫＯ」に関する僕の解釈はすべて的外れだった。虫のいい解釈だったと言っていい。

願望を満たそうとしたのは監督の芹沢暁で、彼の魂胆を覆い隠して不可能な夢を見続ける作品に仕上げたのは撮影監督の図師くんだったのだ。

「何か、お役に立ちました？」

しばらくビールを飲んでいたナミコが声をかけてきた。

「お陰さまで」僕は控え目に彼女を見ながら、残っているウイスキーソーダをぐいと飲み干し、陽気な声で言った。「本気で、ダンス始めたくなった」

ナミコが静かに微笑んだ。一瞬のうちに周りを明るくする薔薇(ばら)のような微笑みだった。

エピローグ

白井慶一と知り合ってまもなく彼の実家を訪ねたことがある。都心から離れた住宅街にある一軒家だ。一部屋全部を書庫として使っている。

彼は、本棚の中からお歳暮のギフトボックスみたいな本を一冊取り出した。筑摩世界文学体系のプルースト篇だ。

「『失われた時を求めて』の賢い読み方は」活字がぎっしり詰まった三段組みのページをめくりながら彼が言った。「飛び飛びに読んでいって、その間を、君の想像力で埋めるんだよ」

そのとき僕は思った。好きな言葉で埋めればいい、好きな話をでっち上げればいい、と。言葉というのは、瞳を描き入れていない白竜の絵のようなものだ。魂を入れるも入れないも、生かすも生かさないも、惚れるも惚れないも、言葉を操る人間次第だ、と考えたからだ。

だが今なら言える。ダンスだ、と。

生と死をさまようダンス、過去と現在と未来がせわしなく入れ替わるダンス、退廃と異国情緒をないまぜにしたダンス、酔っ払ってカラオケ・ボックスでやらかすダンス、などなど。

東京駅へ向かう途中、僕は「世界有数の電気街」で下車し、最新型の8ミリ・ビデオ・ムービーを購入した。

そして新幹線の中にいた。不思議な安堵感があった。缶ビールを開け、ひたすら飲み続けた。目まぐるしく変わる窓外の景色を眺めるうちに、走馬灯のようにダンス・シーンが現れては消えた。

一枚一枚描かれた淡彩画の美少女がコマ送りのように動き出す。白いワンピース姿に変貌した那美子が赤いトウシューズで優雅にクラシック・バレエを踊っている。その姿がいつの間にか黒いタイツ姿になり、栗色の長い髪の少女がスローモーションで踊り出す。どうやらロンドンの小学校にあるレッスン室のようだ。

十二歳の僕は、その様子をガラス戸越しにニコニコしながら眺めている。いきなりハンチングをかぶったユダヤ少年に変身した僕は、小さな窓から白いドレスの少女を覗き込む。彼女は、倉庫に置かれた平台の上で、音楽に合わせてたどたどしく踊っている。蓄音器から流れてくるのは「アマポーラ」だ。

突然、背を向けた彼女のドレスが消え、背中とお尻が露わになる。それが立ち尽くしたままの波子の裸身にすり替わる。彼女が振り向くと、薔薇のような微笑みをたたえたナミコに変身する。微笑みが消えた途端、彼女が躍動的なダンスを始める。小さなステージをところ狭しと動き回る。宙に浮いた肢体が僕に向かってふわっと飛び込んだ瞬間、目が覚めた。

何かが足りないと僕は思った。

波子のダンスだ！

終着駅で下車し、地下鉄に乗り換えた。待ち合わせに指定したシティー・ホテルまで、駅から歩いて十分とかからない。

ロビーにある革張りの肘掛椅子に腰を下ろすと、すでに九時を回っていた。我ながら東京駅を出発する直前、波子の留守電にメッセージを吹き込んでいた。我ながら能天気だと言っていい——「真夜中の散歩しない？　ダンスやるみたいに」

TVの収録が済んで自宅に帰っていれば、もうすぐ現れてもいい頃だ。波子のダンスをあれこれと思い描くうちに、十時が過ぎた。

僕は、ロビー中央に据えられたクリスマス・ツリーに目を向けた。八歳のときに親父が買ってきた樅の木よりはるかに高い。「若葉のころ」の主人公は成長してそれが小さく見えるのだが、初めて転校する直前に庭に植えたその木は、実家を売り払ったときには3メートル以上に大きくなっていた。

僕は、今はない樅の木を見上げた。

すると、一陣の風のように波子が現れた。

僕は、人生最大の意表を突かれた。ちょうどクリスマス・ツリーを飾るモールと肩を並べた波子は、愛嬌のある微笑みを浮かべながら、タータン・チェックのワンピースを身に着けている。僕は目を奪われた。お仕着せのはずなのに、お天気キャスターとして見事に着こなしている。まるで子持ちのミセスに見えない。

「即、ゴミ箱行きだと思ってた」

「服がかわいそうじゃない」と彼女はいつものように低い声で言った。

僕は耳を疑った。意外な言葉だ。ビールを飲み過ぎたのかもしれない。ソフト帽をとり、頭を左右に振ってみた。

「何の真似？」

波子の顔をまじまじと見た。「お、お、お怪我、なかったですか？」と真顔で言ってみた。

「え？」

人差し指でおでこをつつきながら、僕はくり返した。「お、お、お毛が、なかったですか？」

「何か収穫あったみたいね」

波子がうれしそうにくすくすと笑った。

僕らは、ホテルの最上階まで行き、眺めのいいカフェ・バーへ入った。

注文したスクリュー・ドライバーが来ると、波子がおいしそうに口をつけた。

僕は、マティーニをすすりながら、ひったくりに襲われた一部始終を小気味よく話した。

「それだけなの？　『マジカル・ミステリー・ツアー』って」

「まだあるよ。『アイ・アム・ザ・ウォルラス』『ストロベリー・フィールズ・フォーエバー』。それから、『オール・ユー・ニード・イズ・ラヴ』」

「何、それ？」

「ジョン・レノンがこしらえた楽曲」

「十回目の命日だから？」

「憶えてる？　僕が初めて誘って、波ちゃんに断られた映画？」

「ピューリッツァー賞をとったアメリカのジャーナリストの話でしょ？　カンボジアの内戦を生き抜いた同志と再会するシーンで、『イマジン』が流れてた」

「見たの？」

「最悪のデート・ムービーよ」

　専用のショルダー・バッグからビデオ・ムービーを取り出した僕は、波子に向かって撮影する構えをした。

「ふざけてるの？」

「解せないんだよ。僕にとって波ちゃんは、とっても魅力的でミステリアスな存在なのに、どうしてその気にならなかったんだろう。今までどうかしてたよ。他人が撮った映像しか見てないなんて」

「だからって私を撮るのはやめて」と波子はぴしゃりと言った。「別の何かにして」

「本気で波ちゃんを撮りたいんだ」

　スクリュー・ドライバーを飲みながら、波子は澄んだ大きな目で僕を見つめた。

「ミエミエなのよ」と彼女は少し間をおいてから言った。「きっかけを作りたいんでしょ？」

「正直に言うよ。ジョン・レノンにあやかって、『スターティング・オーヴァー』

をやってみたい」

「却下」と即座に波子は言った。

僕は、これ見よがしにがっくりと肩を落とした。

「じゃ、せめてダンスやってるところとか」

「なおさら無理」

僕は、めげなかった。マティーニに口をつけたまま脳味噌をしぼった。

「その代わり、一緒にダンスをやるってのはどう？」

「酔いどれダンスに付き合うの？」

「あらゆる意味で、ダンスをやるってことだよ」

「何、それ？」

「例えば、社交ダンスみたいにリードしたいわけじゃない。ステップ踏めないし、波ちゃんの足を踏んづけるからね」

僕は、波子の目をまっすぐに見つめた。

「つまり、お互いにちゃんと向かい合って、誰よりもお互いを大切に扱うってことだよ。お互いの親切を贈ったり、受け取ったりしてさ」

「それが一緒に、ダンスをやるってことなの？」と波子はあきれ顔で言った。

「素敵なアイデアだろ？」

「だったらピンポンでもやればいいじゃない、温泉浴衣を着て」

波子の言う通りだった。


ホテルを出ると、年の瀬の夜気がひんやりと冷たかった。

波子は、ワンピースの上に黒のショート・コートを羽織った。我が家をめざして夜道を歩いた。真夜中の散歩だ。素直に幸せだった。顔がにやけたアライグマに違いない。

僕がどんな顔つきなのか、彼女に訊きたくてたまらなかった。〝丘の上のバカヤロー〟が幸せを感じると、アライグマに変身することを打ち明けたかった。

ところが波子は、そんな告白に耳を貸すような女の子ではない。

波子のアイデアは、滅法素敵だった。揃いの浴衣を着た僕らは、素敵なカップルになりそうな気がした。ピンポン球が親切で、お互いの親切が行ったり来たりする。彼女がピンポンに飽きたら、そのときこそ一緒にダンスをやればいいのだ。急ぐことはない。

僕は、自分に向かって未来のことを告白すべきだった。

我が肉体、しこたまコンプレックスをため込んだ肉体、ないものねだりの肉体、味噌をつけるたびにジョークを飛ばしてやり過ごす肉体、でも幸せを感じることができる肉体、でも肝心なときに役に立たない肉体……。

そんな情けない肉体が、チェルノブイリの死の灰によって滅ぼされるときを迎えても、度しがたい核戦争によって滅ぼされるときを迎えても、恐るべきウイルスによって滅ぼされるときを迎えても、僕の魂は、ちゃっかりその場に立ち会わないのだ。

そのとき僕は、心の中で肩をすくめ、こう言ってやり過ごすだろう――「〝それだけのこと〟さ」

それから波子は、僕に向かってあきれ顔で誘うに違いない。

さあ、踊りましょう。

ボイス・ドラマ台本（映画シナリオ風リライト）

MEMORIES '77

ボイス・ドラマとは

アマチュアの声優によって制作され、ネット上で公開されているオリジナル・オーディオ・ドラマのことを、昨今ではボイス・ドラマと呼んでいる。

作品について

1981年に電気通信大学・放送研究会でオリジナルを制作した際、この作品をラジオ・ドラマと称していたが、実際に電波に乗ったことはない。従って、当時の台本を再録しリライトし出版する際に、ボイス・ドラマと呼ぶことにした。そして映画シナリオ風リライトと付け加えた。

あらゆる意味で映画化不可能なこの作品を映画化するという途方もない夢をいまだに捨てきれないからだ。

登場人物

松本　明（二十三歳）
松本玲子（二十歳）
松本　真（二十六歳）
秋田幸夫（二十三歳）
上条麻紀（二十歳）

時

明のモノローグ（１９８１年）
現在（１９７８年３月15日）
回想（１９７７年）

●福岡のタウン誌・編集室（1981年）

主人公・松本明が自分のデスクでせわしなく原稿を書いている。

ふと書く手を止め、本棚の中から一冊の単行本を取り出す。

ページをぱらぱらめくりながら想い出にふける。

明　『ブローティガンの小説みたいに不可解だ、なんて言ったらちょっとキザに聞こえるけど、君ってそういう女の子だった。だってそうだろ？　僕はしょっちゅう君に脅かされっぱなしで、まあ何とかジョーク飛ばしてごまかしたりなんかしたけど、僕の心臓はしゃっくりしゃっくりの連続だったんだ』

●吉祥寺の喫茶店（回想）

カウンターに座った明が店内を隈なく見回している。

明　『そう。最初に脅かされたってのは、僕らの庭みたいな吉祥寺の、そのうちファッション雑誌かなんかに紹介されそうな出来たてのほやほやの喫茶店だったんだけど、僕はカウンターに座っていて、君はボックスでブローティガンの小説を読んでいた。おまけに、山下達郎なんかかかっていた』

（テーマ曲、山下達郎の「CIRCUS TOWN」が流れる）

明　『店内は、東女（とんじょ）や武蔵美（むさび）やなんかの、新しモノ好きの女の子たちがキャッキャキャッキャ言ってはしゃいでいて、よく顔が見えないもんだから、どんな顔して笑ってるんだろうなんて、僕はそれこそ縫い針に糸を通せるくらい目を細めて彼女たちを眺めていた。何せ右眼０・１、左眼０・０５の視力じゃ、ロンドンの霧がかかったみたいにみんな同じに見えてしまうんだから。その中で、君だけはでっかいトンボ・メガネなんかかけて、時折溜（た）め息つくみたいに髪をかき上げたりしながら、ひたすら傍若無人にページをめくっていた。僕がカメレオンじゃなくったって、君に釘づけになってしまうのは当たり前ってもんだ。その上、線香花火みたいな超能力がそなわったりして、一瞬君と目線が合った途端、僕はお見合い写真みたいに君の顔をバッチリと見てしまった』

●**大学前のバス停（現在）**

バスが来て停車すると、明が乗り込む。

●**バスの中（現在）**

車内アナウンス。

やがて停車し、明がバスから降りる。

●**井の頭公園（現在）**

落ち葉を踏みつけながら歩く明。

脳裏に玲子とのやりとりがよみがえる。

玲子『井の頭公園って、縁切りの公園だって知ってた？』
明『知ってるさ。夏の日の夕暮れどきなんかにボートに乗ろうなんて誘って、おもむろに池の真ん中辺りで切り出すんだろ？　「なんとなく飽き（秋）が来たみたい」って』
玲子『ところが最初のデートコースなのよね』
明『別に義理立てする必要ないさ。成り行きなんだから。それとも慣習には従うものよってママが言ったわけ？』
玲子『そうじゃないけど、縁結びとか子宝とか、健全なやつより素敵じゃない』
明『素敵？』
玲子『だって、産めよ、増やせよって時代はとっくに過ぎたのよ』
明『じゃつまり、あの喫茶店で今何時ですかなんて思わせぶりに訊いたときにさ、君の鼻先5センチのとこに来ないと、バイトでモデルやってらっしゃるほどお美しいってことに気づかなかったって僕の快挙がですよ、下心なしどころか滅法素敵だったたってことになるわけだ』

玲子『あら私だって、ロンジンの時計修理に出してて、またまた会ったじゃない』

● **東急百貨店・時計サロン（回想）**

新しいレンズが入ったメガネをかけて、明が歩いて来る。
前方、腕時計を受け取る玲子の姿が目に入る。

明　あれ！　あれあれあれ？（と、近づく）
玲子　あら！
明　お宅、ここの店員さんでしたか？
玲子　まさか。分かったでしょ？　時計持ってなかったってこと。
明　ああ、なるほど。縁があったわけですね。
玲子　らしいわね。
明　……えっと、何読んでたんですか？　ぶしつけですけど。
玲子　これ？

明　ええ。いや、あんながやがやしてるとこで、よく本なんて読めるなあ、なんて思ったりして。僕だったらせいぜい、吉祥寺のタウン誌かファーブルの「昆虫記」くらいかな。
玲子　ブローティガンの「アメリカの鱒釣り」。読んだことあります？
明　ああ、半分読みましたよ。かじるのが好きなんでね。ミックスサンドも好きだけど。でもちょっとよく分かんない小説ですね。
玲子　静かなところで読むには向かないわね。
明　ああそうか。でも「アメリカの鱒釣りちんちくりん」ってのは面白かったな。
玲子　へえ。私、「ポルトワインによる鱒死」が最高だと思うわ。
明　多分読んでないな。
玲子　その銀縁、どこのです？　なかなかいいわ。
明　え？　あ、これですか？　これは国産。安物ですよ。気温が三十度も超せばワン曲するって代物。お宅のは？
玲子　この時計？　国産よ。

明　そう。……僕は松本明っていいます。よろしく。
玲子　ウソ！
明　え？
玲子　あなた、本当に松本さん？
明　ご先祖様を信用すれば……。
玲子　私も松本。
明　おんなじ？
玲子　ご先祖様を信用すればね。
明　滑稽極まりないなあ。ヘソでリプトン紅茶を沸かすってやつだ。で、試験のときなんか松本何て書くんです？
玲子　玲子。
明　じゃ、スタンダールの「恋愛論」に従えば、第一段階を飛び越えて、「玲子さん」って呼んでいいんですね？
玲子　気色悪い。

明　そういや、あいつも同じこと言ってたなあ。僕の大学にこれまた同じ松本ってのがいましてね。化学の実験のときかなんかに初めて会ったんだけど、「試験管ベビーみたいだな」なんて言いやがった。

玲子　（思わず笑う）あなた、この辺の大学の人？

明　いや、お隣さんです。調布の人。同居人に水木しげるとか安部公房とか居ますが。

玲子　変わったところね。

明　そう。あの地帯はですね。風車のついた帽子かぶってないと、ヘーンな目で見られるんです。

● **吉祥寺駅（現在）**

雑踏の中から明を呼ぶ声が聞こえる。同級生の秋田である。

秋田　お〜い、松本！　松本くん！

明　おう、秋田か。
秋田　（鼻声で）しばらくぶり。
明　お前こそ。あれ、風邪ひいたの？
秋田　う〜ん、ちょっとね。えらくぼんやりしてたじゃない。
明　まあ。……何だ、ニタニタしやがって、国士無双でもテンパイしたのか？
秋田　決まっちゃったんだ。
明　何が？
秋田　就職。
明　就職？　ウソだろ。研究室に居候するんじゃなかったのか。
秋田　すべり込みセーフってところよ。
明　おい。今日は何の日か知ってんのか？　アイズ・オブ・マーチだぜ。「ジュリアス・シーザー」の。
秋田　そりゃよかった。
明　ちぇっ！　オメデタイやつだ。

秋田　な、松本。オレは六月に採用になるから、あと二カ月の命ってわけだ。お前は当分寿命があって羨ましい限りだな。

明　冗談じゃない。オレはたった今、退学届出してきたんだぜ。

秋田　何だ。やっぱり辞めたの。

明　オレはね。義理人情があつい男でね、相棒が辞めたとなると、矢も楯もたまらないんだ。

秋田　何言ってやがる、まったく。そういや、ヒゲの松本、相変わらず医学部目指して頑張ってんの？

明　もちろんさ。あの人はね、血を見なきゃ落ち着かない人なんだ。

秋田　それにしても今から大変だな。

明　おい。自分のことだけ心配しろよ。今からの人生ってのは、ドラマで言えば省略の部分なんだぞ。婦女暴行とかライフル乱射でもやらん限り、ドラマチックにならんのだぜ。

秋田　分かった分かった。それより「もか」のコーヒーでも飲みに行こう。おごるよ。

● **コーヒーハウス「もか」（現在）**

ボックス席でコーヒーを飲む二人。

シュガーベイブの「DOWN TOWN」が流れている。

秋田　あれは一年のときだったっけ？　お前が新宿でべろんべろんに酔っ払っちゃってぶっ倒れて、それでもって正体失ってるお前を電車に乗っけて、やっとこ大学のロビーまで担いでいったの。駅じゃ、改札口まで担架で運ばれたっけ。

明　オレは朝、ガタガタ震えながら目覚まして、「右の靴がないぞ」って言った。

秋田　まったく！　人の苦労なんて露ほども感じちゃいなかった。

明　若かったからな。

秋田　若かったって、そりゃお前、盆栽いじり出す頃に言うセリフだぞ。

明　いや、この四年間、オレも随分変わったさ。グレゴール・ザムザほどじゃないけどな。

秋田　ふ〜ん。

明　まあ自分でもよく分かんないんだけどさ、どう変わったのか。でもこうやって東京での生活を振り返ったりしてみると、東京って思ったよりいいところだったたってつくづく思うよ。

秋田　お前、福岡に帰るの？

明　高校の先輩がやってるタウン誌の手伝いやろうって思ってる。さしずめ使い走りだな。

秋田　彼女とはどうなるんだ？

明　彼女？

秋田　とぼけんな。去年、調布祭に連れて来たモデルさんだよ。どっかで見たことあるなあって思ってたら、ほら、富士銀行のポスターになってた。

明　あーあ、あれ？「ボーナスは迷わず富士銀行へ」

秋田　それそれ。

明　あのポスターは最低だったな。彼女自身も気にしててさ、知り合った頃って、絶対に自分だって認めなかったんだ。

● **青山通り（以下、回想）**

見るからに不釣り合いな二人が肩を並べて歩いている。

洒落たワンピースの上にカーディガンを羽織った玲子。ショルダーバッグを下げている。

明は、ウエスタン・シャツにジーパン姿である。

明　何て言うか、僕はあのイチョウ並木に胸の疼くような憧れを持ってたんだ。もうそれこそ大人になったら、ザクトライオンで歯を磨くってことだけを夢見てる少年みたいにさ。

玲子　毎日通ってると、たいしたことないわ。

明　あれ、毎日大学に通ってらっしゃるんですか？

玲子　失礼ね。でもたまには自主休校するけど。

明　自主休校ばっかしでしょ。で、今日は何の授業受けるの？

玲子　実存心理学。

明　実存心理学？　サルトルは心理学もやってたわけ？

玲子　ううん、違うわ。確か、マズローあたりのヒューマニスティック・サイコロジーじゃないかしら。

明　何、それ？

玲子　よく分かんないんだけど、つまり、自分の可能性を実現するための処方箋みたいな心理学じゃない。実験心理学みたいにモルモットが登場しないのがミソよ。

明　なるほど。結構面白そうだな。僕も拝聴しようかなあ。

玲子　でもあなた、教室に入れるかしら。

明　どうして？

玲子　だって教室狭いもの。

明　じゃ、ぶかぶかの宇宙服着込んで、親睦の印に星条旗でも持っていくよ。

玲子　（くすくす笑う）それいいわ。とってもいい。

二人が歩く前方から見知らぬ男が来る。

男　失礼ですが、あなた芸術家タイプですね。

すれ違いざまにそう言って歩き去る。

明　え？（と、立ち止まって男を振り返る）あ、ちょっと！

呆然（ぼうぜん）と見送る明。玲子のもとに駆け戻る。

玲子　誰、あの人？

明　さあ……でも参ったなあ。ツギハギのジーパンはいててよかったよ。あんなこと言われるの、十年早いよ。

玲子　ほんとは嬉しかったんじゃない？

明　たまりませんよ。それなりに心構えってのが必要なんだから。

玲子　心構え？

明　そう。例えばさ。仮の話だけど、僕が誰かと結婚することになったとするじゃない。するとやっぱり新郎の心構えとして、新婦に一応訊くわけよ。結婚式にダスティン・ホフマンが飛び込んでくる可能性ないかって。

●書店

外国文学の文庫本コーナーの前に、明が玲子を誘うように来る。

明　実を言うと、僕はユダヤ系の作家に凝ってるんだ。たまたま読んでたアメリカの小説が偶然にもユダヤ系のが多くってね。まあ趣味が勉強と合致したようなもんだ。最初に読んだのが、えーっと、これこれ、ソール・ベローの「この日をつかめ」。もしもさ、「あの日をつかめ」って翻訳になってたら、生理用品のパンフレットと間違えてたかもね。

玲子　だったら女の子の口説き方みたいなハウツーものになってるわ。

明　次に読んだのがさ、これ、フィリップ・ロスの「さようならコロンバス」。実にすがすがしい青春小説でね、この中に面白いセリフがあったんだ。えーっと確か、「しょっちゅうハイヒールはいてる女は、卵巣の位置が狂っちゃう」って。実際にそんなことあり得るわけ？

玲子　初耳ね。

明　あ、そう。しかし何と言ってもサリンジャーがダントツだなあ。

玲子　知ってる。「ライ麦畑でつかまえて」を書いた人。

明　それが一番ポピュラーだな。でも僕は短編小説の方が気に入ってるんだ。初期の作品じゃ、「若者たち」ってのが好きなんだけど、やっぱりこの「ナイン・ストーリーズ」が最高だな。中でも「コネティカットのひょこひょこおじさん」ってのがお気に入りでね。ほとんど全編、エロイーズってアル中の奥さんとその友だちとの会話なんだけど、その会話の中で、ウォルトってやたらおかしい男の話が出てくるんだ。エロイーズ曰(いわ)く「あたしを笑わせてくれる男の子はあの子しかいなかった。しんから笑わせてくれるのはさ」ってね。

玲子　どう笑わせるわけ？　ウォルトって。

明　それが僕も研究中なんだけどね。つまり僕って、ああいう男にミーハー的に憧れてしまうんだな。

玲子　なるほどね。

明　とにかくユダヤ系のは面白いから、読んでみるといいよ。

玲子　「ベニスの商人」なら読んだわ。

明　それ皮肉？

●キャンパス（青山学院大学）

ベンチに座った二人。近くで男女数人の学生が騒いでいる。

明　ねね、あれ、ここの学生？
玲子　どこ？
明　ほら、原色のペラッペラの服着た連中さ。
玲子　らしいわね。
明　まったくこの大学もすっかり田舎者が増えたって感じだな。
玲子　そうね。時々嫌んなっちゃうわ。方言丸出しのがいて。
明　ここをどこだかよく分かってないんだよ。何て言うか、東インド会社が経営してる植民地みたいに思っててさ、我々のライフスタイルこそ神から授けられた最高のものだって言わんばかりにさ。
玲子　ね、あなた、東京のどこの生まれ？
明　僕？　僕は福岡。
玲子　あら福岡？　私のおばあちゃんたちって福岡出身なの。何度か行ったことあるわ、小さいとき。
明　へえ、奇遇だなあ。

玲子　でもちょっと軟弱じゃない？　いかにも東京の人間みたいにイカっちゃって。

明　まあ僕としては、今さっきの教授の話じゃないけど、何て名前だっけ？

玲子　仏の早川。

明　ホトケの早川？　どうして？

玲子　試験中にカンニング・タイムがあるの。十分間だけ教室からいなくなるわ。

明　だから大学って田舎者の観光ツアーになっちゃうんだよ。でね、あのカンニング・タイム教授がのたまったことによるとだ。人間関係ってのは創造的じゃないといけないわけでしょ。それぞれの人間がよりよい関係をつくっていくってことが大切だって。それで僕が思うに、古臭いライフスタイルってのはそういう関係の足を引っ張ることしかしないって思うんだな。

玲子　なるほど。

明　つまり、よりよい関係を創造する上で、ライフスタイルってのは妥協の産物でいいって思うんだよ。そういう意味で、東京ってのは極めて中性的な都会だし、そこがえらく気に入ってるわけなんだ。

玲子　羨(うらや)ましい限り。芸術家みたい。

●玲子の部屋（吉祥寺）

おそるおそる部屋に入って来る明。アップライトのピアノを見つける。
（オイゲン・キケロのピアノ曲が流れている）

明　ワッ、ワァ〜、ピアノ持ってるの。へえ、じゃあなたもご多分にもれずピアノを弾く美少女だったたってわけか。
玲子　何か飲む？
明　それより何か弾いてよ。とびっきりメロウなやつでも。
玲子　気分じゃないわ。
明　気分じゃない？　だったらさっさと化粧落としたら。
玲子　とにかくコーヒー入れるわ。何がいい？
明　ロマンス抜きのコーヒー、なんてね。実を言うと、僕の初恋の女の子って、ピアノがとっても上手な子だったんだ。

玲子　（離れたところから）いくつのとき？

明　小学六年のときだから、十一だ。あの子は例によって隣のクラスでね、学芸会かなんかで合唱の伴奏をやったんだ。僕のクラスはって言うと、つまんない星の王子さまの劇だったんだけど、一番星なんかやらされてね、セリフがないもんだから舞台でころんじゃった。で、ある日の放課後、練習かなんかの帰りに体育館のそばを通ったんだよ。すると隣のクラスがいい調子で合唱やってて、あの子がピアノを弾いてたんだな。それで僕はもうその何とも愛くるしい姿に一目惚(ぼ)れしたってわけ。

玲子　どんな曲やってたの？

明　忘れちゃったな。何か弾いてくれたら思い出すかも。

玲子　私はね、いつでもどこでも弾けるってタイプじゃないの。

明　じゃあどんなタイプ？　月明かりの下じゃないとドビュッシーが弾けないとか、かけ落ちしないと「別れの曲」の出だしが思い出せない？

玲子　残念でした。どっちも私には手にあまるわ。

明　欲は言わないからさ、黒鍵盤だけでも叩いてくれないかな。
玲子　（近づく）あのね、私思うんだけど、あなた、とってもおかしい人だわ。どうぞ。（と言って、コーヒーカップを手渡す）
明　あ、ありがとう。まあその、よく公園なんかで子供たちに言われるけど。
玲子　あら、公園で何してるの？
明　公園で？　トランペット吹いてる。
玲子　吹けるの？
明　まあね。真似事だけ。僕が練習してるとさ、自然と子供たちが集まってくるんだ。照れるから場所変えると、またすぐ集まってきちゃうんだよね。まさにハーメルンのトランペット吹きだね。
玲子　それは笛吹きでしょ？
明　もとはそうだけど、シルクロード通って日本に伝わる間に変化したんだ。
玲子　ホラ吹き！
明　ね、もう一度訊くけど、何か弾く気ない？

玲子　ないこともないわ。でもよくある話でしょ、親が勝手に子供に与えといて無理矢理お稽古に行かされたって。それで与えられた方としては、目を細めて耳を傾けてるバカっ面の親のご機嫌とりにひたすら鍵盤を叩き続けてきたのよ。だから少なくともバカっ面ぶらさげて聴いてほしくないの。

明　ＯＫ。おさらい会の録音係みたいに聴いてる。

玲子　弾く前にそのカーテン開けてくれない？

明、カーテンを開ける。

明　これ、なかなかいい柄だな。

玲子　ママからのお土産なの、ロンドンに行ったときの。ママってね、洋食器のマニアでね、ヨーロッパ中かけずり回って買ってくるんだけど、みんな安物ばっかしでね――。

明　（窓の外を見て）あれ、あれあれ、何かパレードだ！

（山下達郎の「パレード」が聞こえてくる）

玲子　パレード？

明　ほら、見てみて。

玲子　（窓の外をのぞき込む）な～んだ。東女の女の子じゃない。珍しいの？

明　だからパレードだって言うんだよ。あと何十年かたってごらん。あの格好で時代祭の行列やってんだよ。

● **電話ボックス**

「パレード」をかき消すように、明がダイヤルを回す。

受話器をとる音が聞こえる。

玲子『（眠たそうに）はーい、もしもし』

明　手を上げろ！　君は完全に包囲されている。
玲子『誰？　あなたなの？』
明　我々は特別高等警察だ。君ではなかったか？「私はカモメ」なんて言ったのは。あれから我々は二十年間も君を捜し続けてきたんだ。観念して出て来たまえ。
玲子『ねえ明、ふざけるのよしてよ。何時だと思ってんの！』
明　我々が所有してる鳩時計だと、十一時だ。
玲子『十一時？　まだ昼前じゃない』
明　君は何か、正午のサイレンじゃないと起きられないのかね。黙祷の時間はとっくに過ぎたんだぞ。
玲子『あのね、私は今日徹夜なの。昼過ぎにかけ直して』
明　何！　徹夜で黙祷してたのかね？
玲子『レポート書いてたの。ニーチェの女性蔑視思想に関する考察ってのを。お願いだから、おやすみなさい』
明　キスしたら自由にしてやる。

玲子『キス？　どういう気？』

明　我々はこの瞬間を待ち望んできたんだ。

玲子『いい加減にしてよ。どうやってキスしろって言うの』

明　我々が第三種接近遭遇を成功させるときだ。天の彼方から神々しい光とともに羽衣が落ちてきて、我々を一瞬のうちに包み込み、奈落の底へと落としてしまうのよ。

玲子『分かった分かった。それにしてもあなた、ちょっと欲求不満じゃない？』

明　はあ、多少はね。何せ、待ち人来たらずだから。

玲子『待ち人？　私、何かあなたと約束したかしら』

明　十時に「芽瑠璃堂」の前でね。おかげで、珍しいカット盤をザックザックと掘り当てたよ。

玲子『まあそれは良かったじゃない。やっぱり輸入盤専門店で待ち合わせるのってご利益があるのね。今度会うときは、原宿の「メロディ・ハウス」にしない？』

●江ノ島海岸

袖なしのワンピースを着た玲子。
傍らで明は、海と空の境界線を眺めている。

明　ここから三浦半島、見えるのかな。
玲子　ああ。ユーミンが歌った「ドルフィン」ってレストランからでしょ？「晴れた午後には、遠く三浦岬も見える」。でもほんとは見えないのよ、あのレストランから。彼女、勘違いしてたのね。
明　へえ。勘違いしたおかげで、いい詞ができた？
玲子　そう。それに「ドルフィン」も相当荒稼ぎしたらしいわ。
明　話題になるとすぐそれだ。
玲子　……ね、エリカ・ジョングの「飛ぶのが怖い」って小説読んだ？
明　ああ、マスコミやなんかが、ジップレス・ファックがどうとかってやたら喧伝(けんでん)してたやつ？

玲子　そう。

明　それに割と分厚い文庫本で、表紙を池田満寿夫なんかが描いたりして、でも最近どうもダメなんだな、ああいう分厚いのって。ソール・ベローの「ハーツォグ」で看板ってとこだな。

玲子　でね。例によって流行に弱い女の子たちの間で話題になってんのよ。そのジップレス・ファックの極意を極めようなんて。私も半分くらい読んだんだけど、やたら精神分析の用語が出てきたりしてね。

明　そりゃ大変だ。

玲子　ところが、エリカ・ジョングってユダヤ系なのよ。知ってた？

明　ほんと？

玲子　ほんとよ。あとがきに書いてあったわ。

明　参ったなあ。早速読まなくっちゃ。

玲子　四百ページ以上もあるのよ。

明　でもユダヤ系なんだろ？　仕方ないさ。

玲子　あきれた。

明　僕は凝り性だからね。ギョーザ大食い番付で横綱めざすみたいなもんさ。その点、君なんか凝らないタイプだから、年取ってから得するでしょ？

玲子　いいえ、目に入らないだけ。

明　下着なんか凝るの？

玲子　バカね。私はほら、小道具に凝るの。

明　小道具？

玲子　そう。例えば、一人でスコッチのロックを飲むとき、シェイクスピアを読みながらイヴサンローランのハンカチでグラスの底をそっとふき取り、一気に飲み干すの。

明　へえ。

玲子　カミュの小説を読むときは、「巴里（パリ）の屋根の下」かなんかの古いシャンソンをかけて、ロッキングチェアで半分だけ読む。残りの半分は、日差しの強い朝、リモージュのカップでブルーマウンテンを飲み干しながらベッドの中で読み上げるの。

明　ね、それひょっとして彼女の物真似？　夏になると決まって「ドグラ・マグラ」を読み出す女の子？
玲子　勘がいいわね。
明　それで気になってたんだけど、海が見たいなんて臆面もなくこんなとこに引っ張り出したのも彼女のフレーズ？
玲子　いいえ。
明　じゃ、誰のフレーズ？
玲子　あ、そうだわ。あなた知らなかったんだわ。私の実家、この辺にあるのよ。
明　この辺？　カモメ以外に誰もいないよ。
玲子　だから鎌倉駅からバスでちょっと行ったところよ。
明　へえ。でも僕は相変わらずツギハギのジーパンだよ。困ったな。
玲子　誰が招待するって言ったの。
明　じゃ、ここで野宿しろって言うわけ？
玲子　何言ってんの。日の丸の小旗ふりながら見送ってあげるわよ。

● 吉祥寺ロンロン・広場

Tシャツにジーパン姿の明が人待ち顔で立っている。
サファリジャケットを着た松本真が近づいて来る。

真　やあやあ、しばらく。
明　随分会わなかったね。クラブの連中、心配してたよ。
真　まさか。あいつらはね、自分のことしか心配しないんだ。
明　それもそうだけど、何してたの？
真　Z会に入ったよ。
明　Z会？　ああ、ついに宣戦布告したってわけ？
真　まあな
明　やっぱり医学部？
真　うん。で、この前出してきたんだ。
明　退学届？

真　あっさりしたもんだぜ。主任教授に適当に理由言って書類にハンコもらうだろ。あとはそれを学生課に提出しておしまいさ。
明　領収書みたいなの出ないの？
真　送ってきたよ、あとから。しかし何だな、離婚届もあれくらい楽だといいんだろうな。
明　実は今日、連れがいるんだ。ちょっと今、レコード店に行ってるけど。
真　ああ、彼女か？
明　まあね。実は彼女、真くんにやたら会いたがってたんだ。松本が三人寄れば何かが起こるって言うんだよ。
真　松本が三人？　おい、妹じゃないだろうな。
明　いや、まるっきり他人。とにかくバミューダ・トライアングルやろうって張り切ってんだよ。参ったよ。
真　何が参っただよ。

上等のジャケットに短めのスカートをはいた玲子が急ぎ足で来る。

明　おお、来ましたよ。あの子あの子。ほら、バンビみたいにハネてるでしょ。

真　ほう、かわゆいかわゆい。

玲子　（近づく）こんにちは。

真　はじめまして。

玲子　あ、はじめまして。松本玲子です。よろしく。

真　同じく真です。

明　同じく明で～す。

玲子　（くすりと笑う）

明　ね、誰のレコード買ったの？

玲子　あ、これ？　山下達郎の新しいやつ、「ＳＰＡＣＹ」ってアルバム。

真　ああ、山下達郎。

玲子　知ってます？

真　ええ確か、ユーミンのバック・コーラスやってましたね。
玲子　そう。私、あの頃からファンだったんです。
明　真くんはバッハのファンなんだ。
玲子　バッハ？
真　ええ。バッハっていう人はね、ヨハン・セバスチャン・バッハのことだけど、非常に虐げられた少年時代を過ごしましてね。彼の兄っていうのが意地の悪い男で、パッヘルベルの弟子だったんだけど、向学心の旺盛だったバッハに対して楽譜をまったく見せなかったんですよ。それでバッハはこっそり兄の部屋に忍び込んで、毎晩月明かりの下で少しずつ写譜をしていったわけです。まあそういう努力がのちに偉大な音楽を生んだわけですけどもね。おまけにバッハの奥さんってのは子供を二十人も生んじゃった。
玲子　（思わず笑う）

●井の頭公園

三人、池沿いの遊歩道を歩いている。

真　僕は都心に住んでましたからね、小さい頃は。だからあなた方みたいにふんだんに遊ぶ場所がなかったんですよ。野球なんてやろうもんなら、三つのベース作るのにえらく往生しましてね。それで悟ったわけですよ、ホーム・ベースまで取られちゃ野球ができないって。つまり、子供の頃の僕にとってホーム・ベースってのは、守るべきものだったんだな。守るべきものを持ち続けなくちゃ人生エンジョイできない。まあそういうわけで立川に住んでた六年前ってのは、油絵とか写真とか文学とか、実にいろんなことに手を出して模索してたんですよ。

玲子　それでその、守るべきものって見つかりました？

真　まずは健全なる身体かな。宵越しの金も必要だけど。

明　（ハハハっと笑う）

玲子　ね、明にとって守るべきものって何？

明　僕？　僕は天気予報だな。

玲子　天気予報？　どういう意味？

明　だから朝の天気予報を守るってことさ。高校のときなんかやたら凝っちゃってね。毎朝欠かさず新聞の天気図を見てたんだよ。科学の進歩ってやっぱり凄いよ。ほとんど当たっちゃうからね。朝まるっきり晴れてても夕方から降りそうな気配があると、必ず持って行ったもん、傘を。

玲子　まあ、よく恥ずかしくなかったわね。

真　そりゃそうですよ。なんてたって明くんは、天気予報をカサに着たんだから。

玲子　（くすりと笑う）

明　何か今日は押されっぱなしだな。

玲子　年の功よ。諦めなさいな。

明　うん。

真　いや、諦めることないよ。僕はね、二十五過ぎてから歳を一つずつ減らすことに決めたんだ。来年にはあなた方とご一緒ですね。

玲子　あら、私は二年後だわ。

真　二年後？

玲子　まだピチピチの二十歳ですもの。

真　羨ましいなあ。

明　この前、彼女に言ったんだよ。君の可能性ってのは太陽エネルギー並みだって。

真　じゃ明くんは、写楽並みだ。

明　写楽並み？

真　浮世絵の東洲斎写楽さ。彼はね、生涯に百数十枚の傑作を残したんだけど、それをたった一年足らずでやってしまったんだ。そして忽然（こつぜん）と姿を消しちゃった。

明　ひでえなあ。僕はですね、ぶつくさ言いながら隠居なんてしませんよ。

玲子　でもあと一年の命ってなれば、人間何かできるものよ。

明　せいぜい僕は洗濯くらいだな。コインランドリーなんかお世話にならず、ヒノキ製の上等の洗濯板なんか使ってさ、ゴシゴシやりながら人生アワのごとく、なんてしばし感慨にふけるわけだ。

玲子　それで？

明　それで清く正しく糊（のり）づけを忘れず人生を終える。

真　（空笑いし）僕だったらね。真面目に遺言書を書きますね。トイレット・ペーパーみたいに長々とそれも形見分けのことを書くんですよ。まあ明くんだったら、恵比寿ビールのビール券にアレン・スミスの「いたずらの天才」って本。それに「人間、辛抱だ」って書いた色紙。

明　（ハハハっと笑う）

真　それで最後にこう書くんですよ。「押入れの中にマル秘と書いた箱がある。私の友人とおぼしい者たちはすべからくその箱を取り出し、弁護士の立ち会いのもとで火をつけるべし。ただし、中を絶対見てはならぬ」ってね。

玲子　何が入ってるんです？

真　バクチク。

●三百人劇場

チェンバロ演奏のバッハが流れている。

玲子　ああ、ほんとにバッハかかってるわ。
明　何かこう、タキシードじゃないとヤバイって感じだな。
玲子　たちまちつまみ出されるわね。
真　そう改まることないよ。寄席の出囃子みたいなもんだから。
玲子　（くすりと笑う）
明　ね、この辺に座らない？
玲子　……ね、真さんって結構好きなんでしょ、寄席なんか。
真　子供の頃、よく親父に連れてってもらいましたよ。新宿の末広亭なんか。で、帰りにご機嫌になった親父が江戸前のいいやつをホイホイ食わせてくれましてね。それが一番楽しみだったなあ。おかげで大トロを食わなきゃ洒落が出なくなっちゃった。
明　（ハハハっと笑う）
真　それに後日談ってのがありましてね。親父は当然寿司屋で剣菱かなんか飲むわけですよ。いい調子で円生なんか真似しちゃって。で、僕はって言うと隣で物欲しそうにおちょこ眺めながらお茶をすすってたわけですよ。でまあ、当然の成り行きって言うか、大人になった反動で寄席も寿司もやめてお酒に専念しちゃった。

玲子　（思わず笑う）

●

映画「鬼火」

ネッカチーフの中から拳銃を取り出すアラン。

銃口を口に向け、独白する。ベッドに横になり、「明日、自殺する」とつぶやく。

終始、エリック・サティの「ジムノペディ第2番」が流れている。

●

ピアノ・ホール「サムタイム」

カウンターでカクテルを飲む二人。

スタッフの「SUN SONG」が流れている。

玲子　エリック・サティのピアノ曲ってとっても良かったわ。特に医者がモーリス・ロネの部屋から出てったあと、彼がピストルいじりながら独白したシーン。あのときかかった曲は切なかったわあ。

明　そういや、自殺する前にさ、髭（ひげ）を剃（そ）ってローションぬって、写真とかネクタイとかアタッシュケースに入れてさ、フィッツジェラルドの本をしまいまで読んでたな。あれは良かった。

玲子　あら、どうして？

明　どうしてって、ちょっとカッコ良くてダンディーだろ？

玲子　でもなんとなく似てるって思わない？　彼に。

明　彼って、真くんのこと？

玲子　もちろんよ。

明　あいつはあんな破滅型じゃないよ。どっちかって言うと僕の方が――。

玲子　ダンディーなところ！

明　ダンディー？　どこがダンディーなの、あいつの。

玲子　だからなんとなくよ。ダンディーって言ったからって、やたらモテるって意味じゃないわ。
明　じゃ何？　将来、さそり座の女にモテるって可能性があるってこと？
玲子　彼のタイプとして、双子座じゃないかしら。
明　へえ。まあどうでもいいけど、あいつのどこが気に入ったわけ？
玲子　そうねえ。とにかくおかしくって洗練されてるところかな。
明　あいつの趣味って風呂場のタイル磨きなんだ。
玲子　もっと早く真さんとめぐり逢ってたら、きっと傾いてたわね。つくづくそう思うわ。
明　あいつは女嫌いだよ。
玲子　ウソ！　ストイックなだけよ。
明　まさしくそうだな。ストイックな上に洒落がきついとくりゃ、師匠みたいなやつだ。
玲子　ね、明って自分よりおかしいこと言う人、嫌いなんでしょ？

明　まさか。
玲子　でもほんとはそうなんでしょ。ここの常連の人と一緒に飲んでるときなんか、あなた以外の誰かがおかしいこと言って私が笑い転げると、隣でとっても不機嫌な顔してるわ。
明　そんなことないさ。
玲子　いつもよ。いつもあなたは、私を笑わせられるのは自分以外にいないって思ってるのよ。まるで私が明のためだけに笑わなくちゃいけないみたいに。それで今日はあなたの師匠ってのがご一緒だったから、私より先にバカ笑いするってわけよ。
明　参ったな、図星だよ。多少思春期的な誇張はあるけどね。
玲子　何よ、思春期的って!
明　あ、いや。とにかく例外はあるわけなんだ。
玲子　例外?
明　つまり、ウォルト・グラースってやつだけは絶対に許せるんだ。何せ、あいつのおかしさってのは、天下一品だからね。

玲子　ウォルトって、サリンジャーの小説の？

明　そうそう。「自分の制服を誇りに思わんような人間には我慢ならん！」なんて言ったやつさ。

玲子　（くすりと笑う）

明　なんてたって僕のアイドルなんだから。

●ロケ・バスの中

一番前の座席に座った二人。

カメラおじさんたちが好奇の目で二人を見ている。

玲子　バカねえ。どうしてこんなツアーについて来たのよ。ろくにお金持ってなかったくせに。

明　借金したのさ。大学が経営してるサラリー・ローンから。

玲子　それに何？　そのバカチョンカメラ！　蛍雪時代の付録みたい。
明　ああ、これはピンク・サロンの女の子から借りてきた。
玲子　ね、試験終わったの？
明　真っ最中さ。みんな血眼になってノートのコピーやってる。
玲子　じゃあ、あなたは得意の手書き？
明　僕？　僕は必要ないさ。受ける科目ないんだもん。
玲子　どうしてよ？
明　どうしてって、まあこっちにも選ぶ権利あるからね。指名するだけの器量を感じないんだな。
玲子　何言ってんの。ねえ、私は仕事なのよ。
明　僕は客だよ。
玲子　分かってるわよ。でも私も好きでやってるんじゃないんだから、こんなツアー。まあちょっといいお金になるし、面白そうだし。
明　いいかい。プロのカメラマンならまだしもだよ。スケベエったらしいおじさんたちのいい玩具に進んでなるなんて僕はたまりませんね。

玲子　じゃあおとなしく座禅でも組んでたらいいじゃない。

明　冗談じゃないよ。そんなことしたら、百八つの煩悩とねんごろになっちまうよ！

玲子　大きな声出さないでよ。もう恥ずかしいったらありゃしないわ。

明　だいたい君んとこ事務所もひどいよ。こんな仕事薦めるなんて。

玲子　あなた、事務所まで来たの？

明　いや。電話で訊いただけさ。売れっ子モデルさんの出先をね。熱烈なファンだとかなんとか言ってさ。

玲子　分かったわ。つまり明は私を監視に来たのね。

明　ガードに来たの。忠実なるシークレット・サービスだよ。

●撮影スタジオ

カメラマンがモデルに声をかけながらシャッターを切っている。

ロリータ・ファッションの衣装をまとった玲子が不機嫌そうに来る。

玲子　現場くんだりまでやって来て話って何よ。電話か三時のおやつのときにでもできないの？

明　そうムクれるなよ。なんとなくムードがいいんだ。

玲子　ムード？　オメデタイ人ね。ここは舞台裏と同じよ。いろんなまやかしの道具がそろってて、それを使ってありもしないものをきれいに写してんだから。

明　まあそれを言っちゃロマンがないよ。

玲子　あなた、頭がソフト・フォーカスになったんじゃない？　ここの毒気に当てられて。

明　そりゃそうだよ。その、少女趣味紛々たる衣装見ればね。

玲子　悪かったわね。で、話って何？

明　実はさ、ちょっとロマンに関することなんだ。

玲子　あら、富士見ロマン文庫に、ユダヤ系の作家でも発見したの？

明　そういうことじゃないの。つまり、君の靴のサイズはいくつだったっけなあって思ってさ。

玲子　へえ。十二時過ぎにでもプレゼントしてくれるの？

明　日曜大工さ。ボヘミア風に、ガラス製のやつを作ろうと思って。

玲子　何よ。「毎日が日曜日」のくせに。だいたい毎日何やってんの、授業サボって。漆塗りでもやってらっしゃるの？

明　クラブには出てるよ。出席厳しいから。

玲子　ねえ、暇つぶしに冷やかしに来られたんじゃ、たまったもんじゃないわ。

明　今、短編小説書いてるんだ。大学の同人誌に発表するやつなんだけど。でね、主人公の名前がなかなか決まらなくってね。それでいっそのこと君の名前使わせてもらおうと思ってさ、どうかな？

玲子　あなた、女の子なんて描けるの？

明　まあ、自信はないけどさ。靴のサイズによりけりってとこかな。ついでに「鞄の中身」がばれなきゃ完璧なんだけど。

玲子　ふーん。

明　ストーリーってのがさ、「シンデレラ・リバティー」の縮小青春版でね。パジャマの上だけ欲しいって女子大生と下だけ欲しいって大学生がデパートの特売場で知り合うんだ。それで何だかんだで同棲しちゃうとこまで書いたんだけどね。

玲子　そのあと、どうなるの？

明　そのあと？　うーん、君次第かな。

玲子　私次第？　なるほどね。つまり、松本先生は私に対する切なる願望をお書きになってらっしゃるのね。だからサイズとか知りたがるわけ？

明　そうじゃないよ。僕は実際にモデルがいないと書けないタチなんだ。

玲子　でも私は今、写真のモデルやってんのよ。あなたの三文小説のモデルをやってるんじゃないんだから。

明　早起きして書けば、三文の得になるじゃないか。

玲子　それから言っときますけど、チャチな同棲ごっこなんて願い下げよ。同じ松本ってだけでうんざりなんだから。

● 学園祭（青山学院大学）

イチョウ並木のメイン・ストリートに沿って立ち並んだ模擬店から、学生たちが思い思いに呼び声を上げている。

あか抜けた帽子にパンタロン・スーツを着込んだ玲子。

ひと際目立つ彼女に先立って、人の往来をかいくぐるように明が歩いていく。

明　バカみたいに人が多いなあ。これじゃ明治神宮の初詣でじゃないか。

玲子　……ね、約束でしょ。これから友だちと会うのよ。その間、モグラ叩きでもやっててよ。

明　分かってるよ。でも今すぐ会うわけ？　せっかく一緒に来たんだからさ、功利主義の落とし子みたいなこの連中につき合うのも面白いじゃない。きっとさ、綿菓子売ってる連中なんか、ロリコンの兆候見せるかもしれないよ。

玲子　あなたお得意の研究ね。結構時間つぶせるし、学位も取れるかもよ。

明　僕はね、こんな連中見てると、ほんと参っちゃうんだよ。何て言うか、やりたいって思ったことをさ、相当慎重に考えなくちゃいけないことまで楽勝にパッパパッパそれこそピンボールのスコア上げるみたいにやってのけるんだからね。そのくせ、建設的なことって言えば、優の数を競い合うだけでしょうが?

玲子 あら、私もそのお仲間よ。明みたいに、落っことした単位だけに愛着を抱くようなセンチメンタリストじゃないもの。

明 僕はどっちかって言うと、ニヒリストなんですがねえ。

玲子 ニヒリスト? どこが?

明 どこがって、矢立(やたて)ってのは、腰の帯んとこに差すじゃない。その辺が——。

玲子 ほら見てみて。モグラ叩きやってるわ。やってきなさいよ。

明 やだね。僕の攻撃本能ってのは、中学のとき、蟻んこ虐殺して発散してしまったんだ。今じゃハエ叩くのに興奮剤がいるんだよ。

玲子 何言ってるの。いいから、やってきなさいな。

明 ね、君の友だちって、僕に会わせるとまずいわけ?

玲子 そうじゃないけど。

明　じゃあ、秘密のお話でもあるの？
玲子　いいえ、シェイクスピアの授業でいつも会ってるわ。
明　じゃ何が問題なんだよ。
玲子　別にないわよ。
明　ないなら会わせてくれてもいいじゃないか。
玲子　ただね、ちょっと妙ちきりんな格好してんのよ、彼女。芝居に出るから。
明　芝居？　例の「ドグラ・マグラ」の子？
玲子　そう。今日は付き合いで見に行くってわけ。かったるいやつらしいから、明を駆り出したのよ。
明　根性悪いねえ。

●小劇場

芝居がはね、出演者たちがはしゃぎながら楽屋から出てくる。その中から、玲子を呼ぶ声が聞こえる。同級生の麻紀である。

麻紀　（近づく）レイ、レイ、ハーイ。

玲子　ハーイ、マッキー。

麻紀　やっぱり来てたの？

玲子　何言ってんのよ。来ないと絶交するとか言ったくせに。

麻紀　あら、そうだっけ？

玲子　あきれた。あ、こちら、松本明くん。私のヘーンな従兄。

明　あ、初めまして。

麻紀　初めまして。あたし、上条麻紀です。お芝居どうでした？

明　ええ、何て言うか――。

玲子　彼、ダメなのよ、芝居のこと。何せ、うちの学園祭に胸の疼くような憧れを持ってやって来たんだから。

麻紀　遠くから来られたんですか？

明　アマゾンの秘境から。

麻紀　（くすりと笑う）

明　変でしょ？　もっと変なことにね、少年の頃からひたすらザクトライオンで歯を磨くってことだけを夢見てたんだって。
麻紀　変わってらっしゃるのね。
明　おかげさまで。
麻紀　……ところで、無理矢理レイを呼んだのはさ、実は目的があったのよ。
玲子　何よ、いい話？
麻紀　もちろん、とってもいい話だわよ。
玲子　縁談？
麻紀　まさか。前から言ってたけど、そろそろうちの演劇部に入る気になった？
玲子　考慮中だわね。
麻紀　思い切って入りなさいよ、モデルやってんだから。演技の勉強も必要よ、チャンスがあれば役に立つんだから。
玲子　分かってるわ。でもあまり目立つのって苦手なのよ。
麻紀　欲がないわねえ。だから浮気されるのよ。

玲子　あれは勝手に私を好きになって、勝手に手を引いたんじゃない。ああいう自己完結型の男って嫌いなの。
麻紀　それより話ってのはさ。今日とってもイカす演技コーチが来てんのよ。今度イヨネスコの芝居やるんだけど、彼が手がけることになったの。会えばきっと気が変わるわよ。
玲子　そう？
麻紀　だまされたって思っておいでよ。
玲子　私、だまされやすいのよね。
麻紀　バーカ。とにかく保証するからさ。
玲子　そうね。気が変わるかもね。じゃ明くん、ここで待っててよ。
麻紀　あら、待たせちゃ悪いわ。一緒にどうぞ。

● 演劇部・部室
部員たちが今日の芝居について談笑している。

明　彼女とはですね、いわば冠婚葬祭でしか会えない仲だったんですよ、つい最近まで。ところが一度だけ、僕が小学六年生の夏休みに彼女んちにしばらく厄介になったことがあるんですよ。確かビートルズが来日した年でね、関係ないですけど。それでその夏休みにえらく仲が良くなりましてね。私の秘密、教えてあげるって。井の頭公園に遊びに行ったとき、彼女が言ったんですよ。忘れもしない。もちろん女の子のアレには早すぎるし、つまり、僕が好きだって言ったんです。まあ僕はそんなこと言われたの初めてだったから、考えてみれば彼女マセてましたねえ。で、半分それを本気にしちゃって、故郷に帰っても親戚の誰かが死なないかなあってばっかり祈ってましたよ。

麻紀　（ハハハっと笑う）

明　それで最近会うようになって、そのことを彼女に追及するんですけど、彼女、全然憶えてないって不思議な顔するんですよ。じゃ仕方ないってんでこの前、「トリュフォーの思春期」って映画見に行ったんですけどね。上条さん、見ました？

麻紀　ええ。やたら子供が出てくるやつでしょ。あの中でほら、二匹の金魚飼ってる女の子が、見るからに汚い象のバッグをレストランに持っていくとか言ってだだこねて、両親に置いてきぼりにされちゃうでしょ？

明　それから「おなかがすいた」なんて、拡声器使って団地中に言いふらすんだ。

麻紀　あたしも似たような経験あるんだけど、腹いせにそれこそあの悪ガキ兄弟みたいに、お人形の髪をトラ刈りにしちゃった。

明　それでその映画のラストで、トリュフォーの分身みたいな男の子と、やたらといとこに報告したがる女の子が食堂を別々に出て行くでしょ。それで階段の途中でキスしたでしょ？

麻紀　とってもかわいかったわあ。

明　彼女もそう言ったんですよ。でも肝心なこと、ちっとも思い出してくれない。

麻紀　お気の毒さま。

明　女の子ってのは罪つくりですねえ、なんて。ところで、彼女モテるでしょ？

麻紀　そうね。とびっきり美人じゃないけど、結構引く手あまたじゃない。と言っても、彼女、割に淡白だから。

明　分かる分かる。

麻紀　でも一度、こんなことあったの——。

真がニコニコしながら近づいて来る。

真　やあ、明くんじゃない。

明　あ・れ！

真　そう、びっくりすんなよ。

明　参ったなあ、何でこんなとこにいるのよ。

真　ちょっと知り合いがいてな。あ、先ほどはどうも。

麻紀　いいえ。ご親戚？

真　大学の同志ですよ。たまたま同じ松本でね。これがキュリー夫妻みたいな出会いでして、ガイガーカウンターの針が振り切れるって仲で——。

明　ねね、知り合いって誰よ？

真　ああ、ほら。君の彼女としゃべくってる奴がいるだろ。あいつだよ。

明　ええ！

真　あいつとは立川時代からの同志でね。

明　参ったなあ。

真　何参ってんだよ。ちょっと危ないところではあったがな。あいつってのはね、演出のセンスは群を抜いてんだけど、女にだらしないのも群を抜いててな、ハハハッ、良かった良かった。

明　何が良かったよ！　あーあ。

麻紀　あの、ちょっとお訊きしますけど、松本さん。

真　僕ですか？

麻紀　いいえ、こちらの方。

明　……あ、ハイ。

麻紀　あなた、いとこ同士じゃなかったの、玲子とは？

明　はあ、いや、その、ほら、「人類みな兄弟」って言うでしょ？

麻紀　ああ、なるほど。そういうこと。
明　……すいません。
麻紀　(くすくす笑う) ね、レイ！　彼氏が呼んでるわよ！
真　……何かオレ、いいことしたみたいだな。
明　勲章もんだよ、まったく。
真　(ハハハッと笑う)

●スカイ・レストラン

(ジョージ・ガーシュウィンの「ラプソディー・イン・ブルー」が流れる)
三人、窓外に広がるパノラマを眺めている。

玲子　何しょげ返ってんの。バレたってどうってことないじゃない。それとも調子に乗って変なホラ話でもしたの？
明　致命的なやつをね。

玲子　へえ、まあいいわ。麻紀に訊けば分かることだし……ね、真さん、何見つめてるの？
真　昔住んでた辺り。
玲子　渋谷にも居たの？
真　東京中いろんなところ住みましたよ。お袋が薬の行商やってましてね、乳母車に乗せられて。
玲子　ウソばっかし。
真　ほんとはあの辺に住んでたんですよ、小学校の三年の頃まで。
玲子　どの辺？
真　ＰＡＲＣＯのネオンがあるでしょ？
玲子　ええ。
真　その向こうの辺りだな。あの頃は浅草みたいに生け垣の前に植木鉢並べてるような家が結構残ってましてね。今じゃ新しいビルが立ち並んで、僕の住んでた辺りなんか影も形もないけど。

玲子　何か寂しいでしょ？

真　多少はね。でも僕にとって渋谷の夜景ってのは漁火（いさりび）みたいなもんだから。それに何にも代えがたい潮騒（しおさい）ってのがあるでしょ？

玲子　私もね、両親が鎌倉に引っ越すまで成城に住んでたでしょ、生まれたときから。鎌倉って成城に輪をかけて緑がたくさんあるし、静かでとっても文学的なところなんだけど、何か落ち着かないのね。やっぱりこう、ちょっと足を踏み出せば、都会の喧騒（けんそう）の中に身をゆだねられるみたいな、そんなところが居心地いいのね。だから大学に入ると、早々とこっちに逃げ出してきちゃった。

真　まあ人は何だかんだ悪く言うけど、東京に生まれ育った者にとっちゃ東京が故郷だからね。内閣総理大臣がコロコロ替わったって一番住みやすいところだし。

玲子　ほんと、かき回しすぎよ。納豆まぜるんじゃないんだから。

明　あの、僕思い出したんだけどさ、福岡の都心にあるアーケード街って、吉祥寺のサンロードにすごく似てるんだ。

玲子　でも旅行なんか行くとテキメンね。あ！　あのデパート、東急に似てるわとか、地下鉄に乗るとほっとして帰ったみたいな錯覚起こしたり。なんてたってＰＡＲＣＯのＣＦが最高だわ、なんて思ったり。

真　僕なんか北海道旅したとき、だだっ広い草原の中一本道歩いてて、ふと蜃気楼みたいに、はとバスが走って来るのが見えたり。

明　（ハハハッと笑う）

真　でもね、この上なくいやったらしくて薄汚くて、救いがたい都会でもあるわけだけど。

明　きっとさ、予備校と歩行者天国が多いからだよ。

真　白状しますとね。どっか片田舎へでも逃げ出そうかって思ったことあるんですよ。でも両足突っ込んでるからダメなんだな。棺桶の蓋が重くって。

玲子　そうね。どう頑張ってもくせ毛が治らないって感じ。

真　僕らって時々、やたら自然を賛美する悪い癖があるでしょ。通りすがりだから言えるんですよ、そんなこと。いざ、田舎に住もうなんてことになると、セーラー服とほうれん草しか頼りにならんでしょ？

玲子　（くすりと笑う）でも改めてこう、頬づえなんかついて眺めてみると、ほんと東京ってきれいだなあって思っちゃうわ。夜だからかしら。すべての醜いものが夜のとばりに覆い包まれて、美しいものだけを想像させてくれるみたい。ねえ、そう思いません？
真　……ええ。
明　……ほんとにきれいなのはさ、美しいって感じとれる人なんだけどね。
玲子　え？
明　あ、いや、僕なんかほら、福岡がきれいだなあって感じたことあるのかなって思ったりして。
玲子　そう。……ああ、溜め息が出ちゃう。……私の東京って……溜め息が出ちゃうほど、きれい。

●東京駅・新幹線ホーム

構内アナウンスが「博多行きひかり」の出発を告げる。

発車ベルが鳴り出す。

●

アルファ・キュービック

タートルネックのセーターにスカートをはいた玲子。

店内につるされたワンピースの中から二枚を選んで取り出す。

玲子　ねね、これ、似合うって思う？

明　うーん、どうかな。

玲子　じゃあ……これは？　私、意外と地味な色って好きなんだなあ。

明　ああ、それはぴったしだ。ケバケバした口元に映えてさ。

玲子　真面目に答えてよ。

明　ほんと、買うつもり？

玲子　買っちゃいけない？

明　うん、まあ、そりゃいいけど。イマイチ迫力に欠けるんだな、買う気起こさせるような。衝動買いするタイプだったっけ？

玲子　女の子ってね、服を選ぶとき、だいたい自分で決めちゃってるのね。あとは似合うって誰かが言ってくれるのを待ってるわけ。知ってた？

明　あ、それは知らなかった。

玲子　まあいいわ。あなたの色彩感覚なんてダックスフント並みなんだから。

明　で、やっぱり買うわけ？

玲子　もちろんよ。迫力は着る側でつけるわ。

明　そりゃ頼もしい。

玲子　ね、実を言うと私、明が蒸発した半月間、随分捜し回ったのよ。アパートなんか行ったりして。

明　へえ、じゃ半月前からそのワンピースに目をつけてたんだ？

玲子　うん、まあね。

明　僕なんか半月前からとびっきり辛いカレー食べたかったんだ。こう、髪が感電したみたいに逆立っちゃうやつをね。

玲子　あら、いい店知ってるわ。

● **カレーハウス「ボルジュ」**

テーブルをはさんで、カレーを食べる二人。
ビリー・ジョエルの「素顔のままで」が流れている。

玲子　どう？　感電しそう？
明　（汗をだらだら流しながら）うん、辛い辛い、目がつり上がっちゃうみたいだ。
玲子　良かった。
明　しかし何としても水は飲まんぞ！
玲子　まあ頑張っちゃって。
明　ああ、水の代わりにビールが欲しい！
玲子　（くすりと笑う）ね、実を言うと私、ＤＪやらないかって話があるの。もちろんアシスタントだけど。

明　へえ、君が？

玲子　来年の四月から始まるやつなんだけど、一時間もので夜の十一時からなの。

明　どこの放送局？

玲子　ラジオ関東。

明　ラジオ関東？　あそこ？　売り物って言えば、アメリカのヒット・パレードかナイターの延長放送くらいなもんじゃない。

玲子　私にできるって思う？

明　もう自分で決めちゃってるんだろ？

玲子　ううん。ほんと、迷ってるのよ。

明　迷うことないじゃない。女の子ってのは、天性の役者でしょ？　貞淑な妻とか戦場の天使とか切り裂きジャックまで何だって演るでしょうが。

玲子　だいたい明と真さんが悪いのよ。そうやってのべつジョーク飛ばすから、私にもうつっちゃったのよ。変なところ見込まれたんだわ。

明　でも君には向かないって思うな、実際のところ。

玲子　あら、どうして？

明　考えてもみろよ。君がさ、居並ぶお声の恋人なんかの連中と張り合ったとしてもだよ。勝てるわけないじゃない。敵は身体張って生きてんだよ。

玲子　誰がコールガールやるって言ったの。

明　同じようなもんじゃない。ハーイ、こんばんは。なんてゾクゾクするような声で始めてさ、途中でかったるいムード音楽なんかかけながら陳腐極まりないポエムなんか朗読しちゃって、揚げ句にいかにもお名残惜しそうに、今夜はこれでおしまいなんてヨダレが出そうな甘い囁き（ささや）をつぶやくわけでしょうが。

玲子　でも面白そうだわよ。

明　そりゃ面白いですよ。Ｏ・ヘンリの「最後の一葉」じゃないけど、もう余命いくばくもないって思い込んでる少女なんかの手紙を思い入れたっぷりに読んじゃってさ、みなさん、何とかしてこのかわいそうな、かわいそうな少女に生きる望みを与えてあげようではありませんか、なんて呼びかけてさ。毎週一枚ずつ励ましのお便りなんか紹介して、まさに枯れ葉が一枚一枚落ちていくみたいにさ、それでもって少女から感激の手紙が来たりして、涙なみだで放送終えてさ、作り話にしてはうまいなあなんて面白がるわけでしょうが。

玲子　（くすくす笑う）ね、明って、いい気持ちで憎まれ口たたいてるときって、とってもカワイイわあ。

明　カワイイ？

玲子　何なのかしら。男子の本懐みたいなもんじゃない、そういう自分の姿って。

明　あのね、僕はナルシストじゃないいんだよ。

玲子　ニヒリストでしょ？

明　そうだよ。……ああ、カレーが冷めちまう。

玲子　ね、私って変わったって思う？

明　変わったね。口が悪くなった。

玲子　それはあなたのせいよ。直して。

明　分かったよ。まずはこのカレーを食べちまう。そしてザクトライオンで歯を磨く。それからその減らず口をふさいでやるから。

玲子　いいわ。
明　それに忘れないうちに言っとくけど、僕は絶対反対だからね。
玲子　分かってるわ。
明　あ、そう。ならいいけど。
玲子　その代わり、クリスマス・プレゼントは期待してるわ。

●玲子の部屋
明かりを暗くした部屋に、スタッフの「AND HERE YOU ARE」が流れる。
二人、体を寄せ合ってチークダンスを踊っている。
玲子　……ね、女の子とこうやって踊るの、初めてでしょう？
明　クリスマスはね。
玲子　……クリスマス以外も、ね？
明　……まあ。

玲子　……私、思うの。どんな人でも、必ず美しい瞬間ってのを持ってるわ。若ければ若いほど、その瞬間ってのは、絶え間なく、キラキラ輝き続けているの。まるでミラーボールのように。でも、人は歳をとるわ。だから、次第に、美しい瞬間を失っていくの。

明　……うん。

玲子　私、できるだけたくさん、残しておきたいわ。美しい瞬間を。

明　……ああ。

玲子　あなたもよ。

明　僕も?

玲子　そう、あなたも。……守るべきものよ。

明　守るべきもの、か。

玲子　……天気予報だけじゃダメ。

二人、くすりと笑い合う。

明　……ね、ほんとは君にプレゼントがあるんだ。
玲子　プレゼント？
明　ああ。
玲子　あなた、もらうのもやるのも苦手だって言ったわ。
明　気が変わった。
玲子　気が変わった？　大変なことね。
明　大変さ。……僕は世界に向かって、何かを伝えることにしたんだ。
玲子　……私は世界じゃないわ。
明　まず、君に伝える。
玲子　……何を？
明　それは、プレゼントの中身さ。
玲子　そう。……でも、私には用意がないの。
明　心配ないさ。もう十分にもらったんだから。
玲子　……ねえ、このままずっと、踊り続けていたいわ。

● コーヒーハウス「もか」（現在）

山下達郎の「LAST STEP」が流れている。

明、公衆電話のダイヤルを回す。玲子の声が脳裏に浮かぶ。

玲子『井の頭公園って、縁切りの公園だって知ってた？』

信号が届き、玲子が受話器をとる。

玲子『はい、松本です』

明　こちら、ウディ・アレン・ファンクラブですが。

玲子『明？』

明　今、「もか」にいるんだ。友だちとバッタリ会っちゃってね。例の少女マンガみたいな小説書くやつだけど。

玲子『ああ、秋田くん？』

明　もう帰っちゃったんだけど、せっかくだからちょっと出てこないかな。

玲子『悪いけど、今手が離せないの。これから、おろし生姜を入れて、にんにく入れて、ブラック・ペッパーにフルーツチャツネにケチャップに蜂蜜――』

明　分かった分かった。つまり、とびっきり辛いカレー作ってんだろ。二目と見られないような。

玲子『あと二、三時間は無理ね』

明　ぶーッ、そんなかかるんだったら、地球をもう一回りしてこようかな。

玲子『いいから、すぐにいらっしゃいな』

明　どうしよう。行くべきか、行かざるべきか。

玲子『お鍋の前で秒読みしながら待ってるわ』

ガシャンと電話が切れ、ツーっと信号音が鳴る。

● **玲子の部屋（現在）**

ドアが開き、息せき切って明が来る。

明　やあ、元気？

玲子　どうしたの？　公園の周り、マラソンでもしてきたの？

明　いや、ここまでまっしぐらに走ってきた。

玲子　世界記録に挑戦？

明　まぶしくってね。

玲子　まぶしい？　何が？

明　太陽がさ。

玲子　太陽？

明　そう。太陽がさ。

玲子　ふーん。

明　あれからしばらく「もか」で、君の作ってるカレーのことなんかぼんやり考えてさ、ふっと若い男と女がカレー食べ出して別れ話しながら食べ終わるみたいなサリンジャー風のストーリーが思い浮かんだりしてね。もちろん二人ともお代わりしないと枚数もたないんだけど。

玲子　私のは、お代わりできないくらい辛いわよ。

明　だろうね。で、おもむろに金払って外にパッと出たわけなんだ。すると日差しがカッとまぶたの上んとこに射してさ、祇園祭のかねでも叩かれるみたいな翻弄されそうな感覚に襲われてね。

玲子　何か、ムルソーみたいな言い草。

明　午前中、大学のキャンパス歩いてるときもそんな感覚あるにはあったんだけどね、まあとにかくヤバイってんで慌てて走ってきたんだ。

玲子　ムルソーって言えば、カミュ・ファンの麻紀がね、結婚するって言い出したのよ。

明　結婚？　誰と？

玲子　早稲田の演劇部の人。会ったことないけど、「民芸」かなんかに合格しちゃって、将来有望な役者さんだって。

明　将来有望ね。そんな連中はひと山十セントで世の中にゴロゴロしてるよ。掃いて捨てるほどいるって手合いだよ。
玲子　何、いじけてるの？
明　僕なんか頭禿げなきゃ、見通し明るくならないいんでね。
玲子　いいじゃない。
明　ウディ・アレンみたいな黒縁のメガネに替えてみようかな。
玲子　……ところで、大学に何しに行ったの？
明　え？
玲子　キャンパス歩いたって言ったじゃない？
明　ああ。
玲子　今時、大学に用なんてないでしょ？　それとも一升瓶ぶらさげてお願いに行ったの？
明　……実は……退学届、出してきたんだ。
玲子　ウソでしょ？

明　ウソじゃないよ。本当さ。
玲子　証明書見せてよ。
明　あ、あれは三十一日付だから、あとから送ってくる。
玲子　ね、本当に退学しちゃったの？
明　本当さ。
玲子　ほんとに？
明　ああ……もう、取り消しがきかない。
玲子　（大きく溜め息をつく）私、何度も言ったでしょ、卒業だけはしなさいって。クレオパトラみたいにしつこくしつこく口説いたのよ。それであなた、約束したじゃない。私と同じ年に卒業式だって。
明　ああ、約束した。
玲子　どうしてウソをついたの？
明　約束を破っただけじゃないか。僕はね、大学を辞めた。これはもう動かしがたい事実なんだ。それで辞めたからには、福岡に帰らなくちゃいけないんだ。

玲子　福岡に帰る？　どうして？

明　親父と約束したんだ。どうしても辞めるんだったら帰ってこい。それが条件だった。

玲子　だったらその約束も破ったらいいじゃない。あなたは人類に対し、平等に約束を破るべきだわ。

明　そりゃできないさ。男の約束だから。

玲子　心配することないわ。地獄に落ちないようにピアノ線で縛ってやるから。

明　……ね、お願いだから僕と――。

玲子　それ以上言わないで。分かるの、あなたが言おうとしてること。何を望んでるのか。何を私に望んでるのか。

明　ね、少し考えてくれないかな。

玲子　嫌よ。約束を破る人なんて最低よ。

明　でも、でもさ。君は言ったじゃないか、とっても好きだって。「シンデレラ・リバティー」のジョン・バックスも、「この日をつかめ」のトミー・ウィルヘルムも、それに「アニー・ホール」のアルビー・シンガーも、みんな好きだって。魅力的だって言ったじゃないか。みんな大学中退なんだぜ。

玲子　ええ、言ったわ。今でも好きよ。魅力的だわ。でも一人残らず奥さんに逃げられたじゃない！

明　そりゃそうだけど、だからこそさ。

玲子　だからこそ何よ。私は東京が好きなのよ。東京以外の私って考えられない。それは誰よりもあなたがよく知ってるじゃない。身にしみるほど知ってるはずだわ。東京出るくらいだったら、ジャマイカのバナナ・ソングでも歌ってた方がマシよ。

明　……じゃ、二年待ってもダメなのかい？　その間、経済力つけてもダメなのかい？

玲子　ね、明。実を言うと、あなたのことでそこまで考えたことないのよ。

明　……ああ。

玲子　そりゃ、私の友だちの中じゃ群を抜いてるわ。他の友だちなんか、もう十周遅れって感じ。でも私は若いし、可能性だって、太陽エネルギー並みだって、あなた言ったじゃない。他ならぬあなたがその可能性を大切にしろって言ったのよ。
明　ああ、そうだよ。
玲子　そのあなたがあっさり大学なんか辞めて、可能性なんて鼻っからなかったみたいに、私を置いてきぼりにしちゃうわけ?
明　置いてきぼりなんてしたくないさ。
玲子　それとも何?　あなたお気に入りの「コネティカットのひょこひょこおじさん」のウォルト・グラースみたいになりたいわけ?　私がエロイーズそのままアル中かなんかになって、グラス片手にしどろもどろの口調で「いい子だったなあ、彼」なんて明のことを私に思い出して欲しいわけ?
明　……君は、アル中なんかならないさ。
玲子　あら、分からないわ。先のことなんて。
明　そうだな。先のことなんて誰にも分かりゃしない。……一年前に君と出会って、こんな羽目に落ちるなんて予想できたと思う?
玲子　……出会いなんて、悲しいだけね。

明　いや。君と出会ったことは、人生最大の手柄だね。僕にとっちゃでき過ぎだよ。でも結局、僕にはこの日をつかめなかった。守るべきものもつかめなかった。それに君まで……僕は何だか、変装しそこなった怪人二十面相だよ。

玲子　ね、どうしても福岡に帰らなくちゃいけないの?

明　どうしようもないんだよ!

玲子　あなたが帰ったら、私たちおしまいよ。

明　ああ、おしまいだ。

玲子　お願いだから帰らないで。何とかやり直せるわ!

明　僕はね。君といるときが、一番楽しかったんだ。君って女の子は、おかしくもないのに笑ってくれる、たった一人の女友達だったからね。

玲子　明……。

明　そりゃ君は、声を出してハハハッって笑いはしない。そんなことはめったになかった。でも僕は分かってたんだ。君は声を出すのをグッとこらえながら、まつ毛で笑ったり、唇で笑ったり、肩で笑ったり、実にいろんな仕草で笑ってたんだ。大変な技だよ。ウルトラCだよ。そんな君が僕のそばにいるなんて信じられなかった。もう何度も逆立ちしててんじゃないかって思ったもんさ。……でも、もう信じちゃいけないいんだな。

玲子　……私は東京よ。どうしようもないわ。

明　そう、君は東京だ。どうしようもなく東京なんだ。僕がいい調子でホラ話しようと、ジャマイカのバナナ・ソング歌おうと、東京って変わりゃしないんだ。そうだろ？　ねえ、そうだろう？

玲子　……（すすり泣くように笑う）

●東京駅・新幹線ホーム（1978年4月）

真新しいワンピースを着た玲子が見送りに来る。

構内アナウンスが「博多行きひかり」の出発を告げる。

玲子と名残惜しそうに握手をする明。新幹線の車両に乗り込む。

発車ベルが鳴り響き、玲子を残してゆっくりと列車が動き出す。

明『君が東京駅に見送りに来たとき、君は例によってでっかいトンボ・メガネをかけて、あのときアルファ・キューピックで買ったワンピースを着こなしていて、おまけにロンジンの時計をちゃんとはめていた。僕は、いまだに「ポルトワインによる鱒死」はよく分かんないな、と言うと君は頑として、あれが最高よ、と言った。そしてブローティガンの「愛のゆくえ」と、とびっきり辛いカレーの作り方を書いたメモをくれた。それから髪をかき上げながら、ラジオ関東でＤＪをやるつもりよ、と言った。僕は確か、それが君の可能性ならばね、と答えたような気がする』

●福岡のタウン誌・編集室（１９８１年）

テーマ曲が流れ、明の脳裏に１９７７年の想い出がフラッシュバックする。
玲子の美しい瞬間がミラーボールのようにキラキラ輝き続けている。

明『あれから君は、本当にラジオ関東でＤＪをやり出し、大学を卒業して、そのままプロになってしまった。それでよかったのかもしれない。真くんは、四度目の正直で東京じゃなく、広島の医学部に合格し、二度目の学生生活を送り出したよ。麻紀さんは、予定通り早稲田出身の俳優さんと学生結婚し、金魚鉢のない小さな家庭を築き、もうすぐ子供が生まれるそうだね。そして僕はって言うと、相変わらず売れない短編小説を書きながら、タウン誌の記者として福岡中を駆けずり回っている。

玲子、君の言ったことは本当だったよ。僕は福岡に帰ってから、女の子に逃げられっぱなしなんだ。仕方ないって言えば仕方ないんだけど、僕は思うんだよ。人生ってのは、NGじゃない。INGなんだって。やり続けること。何かをやり続けることが大切なんだ。それが僕にとって、守るべきものかもしれない。君にとっても。僕らの可能性ってのは、やっぱり、太陽エネルギー並みにあるんだよ。ねえ、そう思うだろ？』

● エンド・クレジット

（エンディング・テーマ曲、山下達郎の「THAT'S MY DESIRE」が流れる）

本作品を吹き替え版「アニー・ホール」で
ダイアン・キートンの声を演じられた
小原乃梨子さんに感謝を込めて捧げる。

――R・S

著者紹介
坂本　亮（さかもと　りょう）

熊本県熊本市出身。元レコード屋、映画ナビゲーター。

1955年、スティーブ・ジョブズ氏より２週間遅れて生まれる。

1980年、電気通信大学・電子計算機学科を中退。

1991年、もぐりの映画紹介イベント、シネマ・ワンダーランドを福岡市で開催。

マンハッタン坂本の名でパーソナリティーを務め、2000年まで続ける。

2010年、名作映画をネタバレで紹介する、ブログ版シネマ・ワンダーランドを始める。

好きな言葉　「愛は敗れても、親切は勝つ」
（「ジェイルバード」カート・ヴォネガット）

なお、ジャン＝リュック・ゴダール監督に関して事実誤認があるが、著者の意向によりあえて校正しなかった。また、今日から見れば一部、不適切な表現がみられるが、当時の社会背景を鑑み、そのままとした。

NAMIKO　または、
１９９０年のフール・オン・ザ・ヒル

令和６（２０２４）年９月30日　初版発行

著　者　坂本　亮
制　作　熊日出版
（熊日サービス開発株式会社）
〒８６０-０８２７
熊本市中央区世安１-５-１
ＴＥＬ　０９６-３６１-３２７４
装　丁　内田　直家
印　刷　シモダ印刷株式会社

ISBN978-4-911007-10-5 C0093